国家古籍整理出版专项经费资助项目

贾谊集

章培恒 安平秋 马樟根 主编

徐超 王洲明 导读

安平秋 审阅

中华文史名著精选精译精注

·全民阅读版

凤凰出版社

图书在版编目（CIP）数据

贾谊集 / 徐超，王洲明导读. -- 南京 : 凤凰出版
社，2020.8（2024.2重印）
　　（中华文史名著精选精译精注 : 全民阅读版 / 章培
恒，安平秋，马樟根主编）
　　ISBN 978-7-5506-3151-9

　　Ⅰ. ①贾… Ⅱ. ①徐… ②王… Ⅲ. ①古典文学－作
品综合集－中国－西汉时代 Ⅳ. ①I213.412

中国版本图书馆CIP数据核字(2020)第063225号

书　　　　名	贾谊集	
导　　　　读	徐　超　　王洲明	
责 任 编 辑	李　霏	
书 籍 设 计	徐　慧	
责 任 监 制	程明娇	
出 版 发 行	凤凰出版社(原江苏古籍出版社)	
	发行部电话 025-83223462	
出版社地址	江苏省南京市中央路165号,邮编:210009	
照　　　　排	江苏凤凰制版有限公司	
印　　　　刷	苏州市越洋印刷有限公司	
	江苏省苏州市吴中区南官渡路20号　邮编:215104	
开　　　　本	880毫米×1230毫米　1/32	
印　　　　张	6.625	
字　　　　数	137千字	
版　　　　次	2020年8月第1版	
印　　　　次	2024年2月第2次印刷	
标 准 书 号	ISBN 978-7-5506-3151-9	
定　　　　价	48.00元	

(本书凡印装错误可向承印厂调换,电话:0512-68180638)

目录

导读

　　贾谊(前200—前168),是汉初洛阳(今河南洛阳)人。年青时就以才气闻名乡里。十八岁那年,因为能诵《诗》《书》和撰写文章扬名于郡中,被河南郡守吴公召至门下,做了郡守的门客。大约在贾谊二十二岁时,汉文帝刘恒继皇帝位,下诏征吴公作廷尉,吴公向文帝荐举贾谊,于是文帝召贾谊为博士。

　　汉初的博士,掌管文献典籍,属于咨询性质的官职。在博士任上,年青的贾谊表现出优异的才能。据说,每当文帝下诏令交付议论,诸位老博士还未来得及发言,而年纪最轻的贾谊,却"尽为之对",且能道出其他人的意见。这自然要得到文帝的赏识,破格提升。一年之中当上了太中大夫,成为文帝身旁的一名高级顾问官。贾谊的才华、文帝的惜才偏爱以及事实上的官职的骤然升迁,引起了朝中群臣的不满和忌恨。当文帝打算进一步擢升贾谊"任公卿之位"时,朝中掀起了一场轩然大波。东阳侯张相如、御史大夫冯敬,以及绛侯周勃、颍阴侯灌婴等宿臣老将,群起攻讦贾谊"专欲擅权"、"纷乱诸事"。所谓"专欲擅权",当然是指贾谊官职的步步高升;所谓"纷乱诸事",是指贾谊企图对政治制度进行的一些改革。由于群臣的一致反对,汉文帝也渐渐疏远了贾谊。贾谊最终未被重用的原因很复杂:奸佞小人的拨弄是非,可能有之[①];绛、灌等老臣对洛阳才子的所作所为看不惯、想不通,可能有之;而贾谊有些主张不大切合时宜,也是重要的方面。但无论如何,这次政治上的挫折,对于贾谊一生的发展,起了决定性的作用。汉文帝疏远了贾谊后不久,就任命他为长沙王吴差的太傅,实际上是从王朝中央贬谪到地方上去了。贾谊在朝中任职只有一年多的时间,被贬的那一年,他大约二十四岁。

长沙王吴差是当时仅存的一家异姓王,贾谊被任命做他的太傅,这不能说是一种被信任的做法。再加之地方僻远,低洼潮湿,生活的不适应更加重了贾谊的抑郁之感。贬谪长沙的三年中,贾谊的生活一直非常苦闷。他有着屈原那样的因不被理解、不受重用而产生的一腔愤懑;他甚至用道家"无贵无贱"、"无智无愚"的人生观,来慰藉苦闷的灵魂。

汉文帝七年(前 173 年),贾谊被召回长安,他的政治生涯又一次出现了转机。文帝在宫中会见贾谊。可能是君臣久未会面,晤谈十分融洽,一直继续到深夜。因为文帝刚刚参加过祭祀天地的仪式,所以只问一些有关鬼神的本源问题,治国安邦大计却未能涉及。就在这次召见后不久,文帝令贾谊任其少子梁怀王刘揖的太傅。贾谊从异姓藩王的太傅变成为皇帝所钟爱的小儿子的太傅,其地位的转化是明显的。

---

① 《文选·吊屈原赋》李善注引应劭《风俗通》,说贾谊曾受到佞臣邓通的谗毁。

贾谊被召回长安后四年,即汉文帝十一年(前169年),又一次政治变故落到了贾谊头上。梁怀王刘揖因不慎坠马而死,贾谊作为太傅,觉得自己未能尽到职责。无穷无尽的自责,造成了沉重的精神负担,使得他日夜啼哭。再加上政治上的彻底失望,就在梁怀王死后的第二年,贾谊在抑郁中离开了人世,只活了三十三岁。

贾谊一生写了许多文章。他的文章在汉代就引起了人们的普遍重视。司马迁著《史记》,在《屈原贾生列传》中,全文收录了贾谊的《吊屈原赋》和《鹏鸟赋》。在《秦始皇本纪》和《陈涉世家》的篇后,又引录了《过秦论》。班固写作《汉书》,在《贾谊传》中也全文收录了《吊屈原赋》和《鹏鸟赋》,并将《请封建子弟疏》《谏立淮南诸子疏》等奏疏列于文中。此外,《贾谊传》中还有一篇洋洋大观的《治安策》,这是班固在贾谊平时论著的基础上,"取其要切者"(颜师古语)集缀而成。在《汉书·礼乐志》中,还收有贾谊的《论定制度兴礼乐疏》,《食货志》中收《论积贮疏》《谏铸钱疏》等。

除了《史》《汉》载录的文章外,在汉代很可能有贾谊作品集子流传。集子的名称或称《贾谊》,或称《贾谊集》。到隋、唐,又有了《贾子》和《贾谊新书》的不同名称。称《贾子》,是因为把贾谊的作品视为子书的缘故。称《新书》,很可能与西汉后期刘向父子的校书有关。他们把尚未校理过的图书称为"旧书",把已经校理过的称为"新书",于是,已经校理过的贾谊作品集子自然叫作"新书"了。可是,久而久之,《新书》逐渐演变成贾谊集子的专名了,时间大约在北宋时代。

目前流传的《新书》,包括十卷五十八篇,其中两篇有目无辞,实际只有五十六篇。由于不少篇文字讹错较多,在内容上又与《汉书》(特别是《治安策》)所录多有重复,所以自宋代起就有人怀疑其真伪。我们认为,这种怀疑并没有确凿的证据,倒是有更多的理由证明《新书》不是一部伪书①。诚然,今本《新书》未必是贾谊亲手编定,且多残阙失次,但所辑录的文章是基本可信的;编辑者的时代也当与贾谊相去不远。

总之,贾谊传世的作品,除《史》《汉》所载录外,尚有《新书》十卷。《古文苑》所载《旱云赋》一篇,也可以肯定是贾谊的作品。它们是我们研究贾谊的依据。至于《楚辞》中的《惜誓》是否为贾谊作品,已经难以分辨了②。

任何历史人物的出现,总脱离不开他所处的历史时代。贾谊的政治主张、思想无一不是时代的产物。

汉文帝时期,巩固封建政权仍然是十分严峻的任务。为此,贾谊提出了许多政治主张。鉴于诸侯王的"尾大不掉"、反叛迭起,贾谊提出了"众建诸侯而少其力"(《新书·藩强》,以下只注篇名)的削藩政策,这样就能通过缓慢的、以大化小的方式,逐渐削减诸侯王的势力,减轻他们对中央王朝的威胁。汉文帝时虽然未采纳贾谊的建议,但到武帝时实行主父偃的"推恩策",其实正是贾谊的主张。匈奴的崛起及数次边患,是汉初又一政治难题。贾谊坚决反对向匈奴投降,也不同意和亲的做法,而是主张以德怀服,即多给予物质利益

---

① 详见王洲明《〈新书〉非伪书考》,载《文学遗产》1982 年第 2 期。
② 《楚辞》王逸注:"《惜誓》者,不知谁所作也。或曰贾谊,疑不能明也。"

以引诱匈奴臣民，使其背叛单于而归服汉朝。贾谊的主张明显含有理想化的成分，所以被后人讥为疏阔；但他强调与单于争民、主张建立大一统的封建帝国，仍然有值得肯定的地方。重农务本是贾谊的又一项重要政治主张。他充分认识到了商业经济的空前发展造成的严重后果：一方面，使更多的人"背本趋末"，"生之者甚少而食之者甚众"（《无蓄》）；另一方面，又造成社会风俗的淫佚、侈靡。他还把重农积粟与抵御匈奴、防止诸侯王反叛和人民铤而走险紧密联系在一起。贾谊的重农思想引起了文帝的重视，对于巩固西汉初期政权起了重要作用。贾谊还提出了一项具体经济政策，即把"铸钱"大权收归中央。原来，汉文帝执政的第五年，下令允许私人铸钱。其结果，豪商大贾几乎掌握了国家经济命脉，并带来一系列的弊病。贾谊分析说：令民自铸，其一，"伪钱不止"，"钱用不信"；其二，诱使农人"弃其田畴"，"损其农事"；其三，形成一种恶性循环。令民自铸，必杂以铅铁，从中牟利，朝廷必惩以黥罪。然后禁铸，禁铸又必然使钱还重。"钱重则盗铸者"又起，"死罪又复积矣"。而如果由中央掌握铸钱大权，就能做到：其一，通过对货币的发放或回笼来稳定物价；其二，用中央掌握的货币大权与商人争利；其三，有利于劝农务本。贾谊认识到货币对整个国民经济的调节作用，这是很深刻的经济思想。

贾谊还主张进一步确立严格而又十分明确的封建等级制度。这个制度中，皇帝居最高地位，其次是群臣，最下是众庶百姓。他将其比作"天子如堂，群臣如陛，众庶如地"（《阶级》）。这是对封建制度最深刻、最形象的说明。贾谊重视民的作用，认为"君者，民之父母也",甚至应该"亲民如子"(《大政》上)。贾谊的重民、爱民、富民、教民等主张,其目的都是为了封建制度的巩固长存。所以,他在主张重民、爱民时,又流露出了一定的愚民思想,这与他在当时的历史地位和思想基调是一致的。在意识形态方面,贾谊把"礼、义、廉、耻"作为处理君、臣、民各方面关系共同遵循的道德规范。他认为礼教、制度应该相辅相成,制度是一种规定,而礼教则起潜移默化的作用。

西汉初期,正是我国封建制度全面确立并要求进一步完善的历史阶段。嬴秦未遇到或虽遇到却未能解决的问题,一下子摆在了汉统治者面前。因此,贾谊探求和回答的这些问题,其中就有不少对于我国封建社会的发展具有根本意义。比如,尊君统一、重农务本、仁政爱民、御侮抚边等,几乎成了此后封建王朝的既定国策。贾谊思想的根本意义,在于顺应历史发展方向,对我国封建制度的进一步确立和完善,作出了积极贡献。

贾谊的文学成就表现在散文和辞赋两方面。贾谊的散文主要是议论文,其突出特点,是有一股强烈气势,明人方孝孺用"深笃有谋,悲壮矫讦"①概括贾谊散文的气势,是比较恰当的。贾谊散文具有气势的原因,与贾谊本人感情丰富密不可分;而多用夸饰铺陈、排比对偶的表达手法,对形成雄骏闳肆的气势也起到了不小的作用。此外,贾谊注重在对比中论说事理,注意多方论说,层层推演,使文章具有既明晰又缜密翔实的特点。在《春秋》《先醒》《谕诚》等篇中,

---

① 见《逊志斋集·张彦辉文集序》。

引用历史故事说理，多有形象的叙述和描写，把抽象的道理形象化、具体化。贾谊散文形成了素朴浑厚而含悲壮之情，明朗犀利而不乏富赡之气的创作风格。一般说，从战国到西汉再到东汉，文风凡三变：战国文雄奇，西汉文醇厚，东汉文排丽。贾谊散文既有战国文的雄奇，又有西汉文的醇厚，同时也显露出排丽的端倪，开一代创作的先河。鲁迅先生在《汉文学史纲要》中称赞贾谊和晁错的散文为"西汉鸿文"，"沾溉后人，其泽甚远"，这是很有见地的评价。

贾谊的赋也表现出从"楚辞"向汉赋演化的痕迹。它们明显具备"楚辞"的特点，比如，时时抒发着真情实感，语言上多用"兮"字，且更多地使用"楚辞"的句式等。但同时，它们又已经具备铺陈描写的因素。如《吊屈原赋》中众多的比喻，特别是《旱云赋》以细腻的笔触，从多方面具体而形象地刻画云的特征，更多地具备"体物写志"的成分。其次，在整蔚的四字句式中，又往往夹带散文式的不押韵的句子，这正是汉赋句式的特点。至于《鹏鸟赋》中与鹏鸟的对话，影响了汉赋的问答特点，也是十分明显的。沈约说："屈平、宋玉导清源于前，贾谊、相如振芳尘于后，英辞润金石，高义薄云天。"①正确指出了贾谊赋承先启后的作用。

贾谊属于那种在历史转折关头应运而生的历史人物。由于多种原因，他未能成为一名成功的政治家，但他思考问题的广泛程度和深刻性，代表了那个时代的水平。贾谊在文学上的建树，则使他成为开一代风气的文学家。

---

① 见《宋书·谢灵运传论》。

最后，简单谈一下关于本书的编写体例。

1）本书是贾谊集的选译本，选篇注意照顾了内容的代表性，主要包括文、赋两种。对于《道德说》等几篇哲学论文，由于贾谊使用的概念本身不很明确，翻译起来不好把握，只得忍痛割爱了。

2）贾谊作品讹错甚多，因此校勘的任务较重。我们的做法是：凡讹错之处在正文中径直改正，有的情况在相应的注中说明正文原貌及改正的依据。注文或先校后注，或先注后校，灵活掌握，视不同情况而定。

3）所选散文以卢文弨抱经堂本（《四部备要》本）为底本；所选辞赋《吊屈原赋》依据《汉书》，《旱云赋》依据《古文苑》（《四部丛刊》本），《鹏鸟赋》依据《文选》本。用以校勘的主要版本有：

宋淳祐长沙刻本，简称潭本（此本作者未亲见，均据卢本注）。

明成化乔缙刻本，简称乔本。

明弘治沈颉刻本，简称沈本。

明正德吉府刻本，简称吉本。

明正德何梦春刻本，简称何本。

明万历周子义辑《子汇》本，简称周本。

明万历程荣刻本，简称程本。

明崇祯张溥集刊《汉魏六朝一百三家集》本，简称百三本。

《史记》《汉书》以及有关类书也是我们校勘时的重要依据。此外，还参考了俞樾《诸子平议》、孙诒让《札迻》、刘师培《贾子新书斠补》、陶鸿庆《读诸子札记》以及章太炎《春秋左传读》等前辈学者的研究成果。

对于贾谊，我们虽然写过一些研究文章，但译注他的作品却深感不易。诚恳希望方家批评指正。

本书的写作，得到山东大学中文系教授董治安先生的直接帮助，在此致以谢意。

徐　超（山东大学文学与新闻传播学院）

王洲明（山东大学文学与新闻传播学院）

文

过秦(上)

　　贾谊生活的汉文帝时代,当时的社会经济开始有所发展。但是,其中央政权并不十分稳固:同姓诸侯割据势力的形成,阶级矛盾随着土地的大量集中日趋尖锐,北方匈奴不断侵扰,这些都时时威胁着西汉王朝的生存。为了使西汉统治者记取亡秦的教训,居安思危,改革时弊,以达到"建久安之势,成长治之业"的目的,贾谊写了这篇千古传诵的散文。

　　"过秦",就是批评秦王朝的过失。全文一般分上、中、下三篇。本篇叙述了秦发展、强盛直至灭亡的历史过程,认为秦广的原因是"仁义不施而攻守之势异也"。文章纵横开阖,气势雄伟,感情充沛,发人深省。

━━━━━━━━━━━━━━━━━━━━━━━━━

　　秦孝公据崤函之固①,拥雍州之地②,君臣固守,以窥周室③,有席卷天下、包举宇内、囊括四海之意,并吞八荒之心④。当是时也,商君佐之⑤,内立法度,务耕织⑥,修守战之具⑦,外连衡而斗诸侯⑧,于是秦人拱手而取西河之外⑨。

　　孝公既没⑩,惠文、武、昭襄王⑪,蒙故业,因遗策，南取汉中⑫，西举巴、蜀⑬，东割膏腴之地⑭，北收要害之郡⑮。诸侯恐惧，同盟而谋弱秦，不爱珍器重宝、肥饶之地⑯，以致天下之士⑰，合从缔交⑱，相与为一。当此之时，齐有孟尝，赵有平原，楚有春申，魏有信陵⑲。此四君者，皆明智而忠信，宽厚而爱人，尊贤重士，约从离衡，兼韩、魏、燕、赵、宋、卫、中山之众。于是六国之士，有宁越、徐尚、苏秦、杜赫之属为之谋⑳，齐明、周最、陈轸、召滑、楼缓、翟景、苏厉、乐毅之徒通其意㉑，吴起、孙膑、带佗、倪良、王廖、田忌、廉颇、赵奢之朋制其兵㉒。尝以什倍之地、百万之众，仰关而攻秦㉓。秦人开关延敌㉔，九国之师逡遁而不敢进㉕。秦无亡矢遗镞之费㉖，而天下诸侯已困矣。于是从散约解，争割地而赂秦㉗。秦有余力而制其弊㉘，追亡逐北㉙，伏尸百万，流血漂橹㉚；因利乘便，宰割天下，分裂山河，强国请伏㉛，弱国入朝。

施及孝文王、庄襄王㉜，享国日浅㉝，国家无事。及至始皇，奋六世之余烈㉞，振长策而御宇内㉟，吞二周而亡诸侯㊱，履至尊而制六合㊲，执搞朴以鞭笞天下㊳，威振四海。南取百粤之地㊴，以为桂林、象郡㊵；百粤之君俯首系颈，委命下吏㊶，乃使蒙恬北筑长城而守藩篱㊷，却匈奴七百余里㊸。胡人不敢南下而牧马㊹，士不敢弯弓而报怨。于是废先王之道，燔百家之言㊺，以愚黔首㊻。堕名城㊼，杀豪俊，收天下之兵，聚之咸阳，销锋镝㊽，铸以为金人十二，以弱天下之民。然后践华为城㊾，因河为池㊿，据亿丈之高，临百尺之渊以为固。良将劲弩○51，守要害之处；信臣精卒，陈利兵而谁何○52。天下已定，始皇之心，自以为关中之固，金城千里○53，子孙帝王万世之业也。

始皇既没，余威振于殊俗○54。然而陈涉瓮牖绳枢之子○55，氓隶之人○56，而迁徙之徒也○57。材能不及中人，非有仲尼、墨翟之贤○58，陶朱、猗顿之富○59，蹑足行伍之间○60，俯起阡陌之中○61，率疲弊之卒，将数百之众，转而攻秦；斩木为兵，揭竿为旗○62，天下云合响应，赢粮而景从○63，山东豪杰并起而亡秦族矣○64。

且夫天下非小弱也，雍州之地、崤函之固自若也○65。陈涉之位，非尊于齐、楚、燕、赵、韩、魏、宋、卫、中山之君也；锄耰棘矜○66，不敌于钩戟长铩也○67；谪戍之众○68，非抗于九国之师也○69；深谋远虑，行军用兵之道，非及曩时之士也。然而成败异变、功业相反也⑩。试使山东之国与陈涉度长絜大⑪，比权量力，则不可同年而语矣。然秦以区区之地，致万乘之势⑫，序八州而朝同列⑬，百有余年矣。然后以六合为家，崤函为宫；一夫作难而七庙堕⑭，身死人手，为天下笑者，何也？仁心不施而攻守之势异也⑮。

---

①秦孝公：姓嬴，名渠梁，曾于公元前356年任用商鞅，实行变法，秦国由此强盛。崤（xiáo）：崤山，在函谷关之东。函：函谷关。　②雍州：古九州之一，秦国原来就封在这里。　③窥：偷看，这里是伺机有所图谋的意思。周室：指东周王朝。　④八荒：四方荒远之地，泛指全国各地。　⑤商君：即商鞅，公孙氏，名鞅，战国时卫人，也称卫鞅。公元前340年，秦孝公封之于商，号商君，故又称为商鞅。⑥务：专力从事。　⑦修：整治。　⑧连衡：即连横，秦国分别和东方六国联合的一种策略。斗诸侯：使诸侯间互相争斗。　⑨拱手：比喻毫不费力。西河：指当时秦、魏接壤的黄河西岸一带。　⑩没（mò）：同"殁"，死亡。　⑪惠文：秦惠文王，孝公之子。武：秦武王，惠文王之子。昭襄王：秦武王之弟。　⑫汉中：陕西南部汉水流域。⑬巴、蜀：古二国名，在今四川省东部及重庆市一带。　⑭膏腴（yú）：肥脂，这里是肥沃的意思。⑮"北收"句："北"疑为衍文。⑯爱：珍惜。　⑰致：招纳，罗致。　⑱合从：即合纵，六国联合抗秦

的一种策略。　⑲"齐有孟尝"四句："孟尝"即孟尝君田文,齐公子;"平原"即平原君赵胜,赵公子;"春申"即春申君黄歇,楚贵族;"信陵"即信陵君魏无忌,魏公子,四人都以招贤纳士著称。　⑳"有宁越"句："谋"下原有"主"字,今据《史记》《汉书》删。宁越,赵人;徐尚,宋人;苏秦,东周人;杜赫,周人,这些人都是当时主张合纵抗秦的谋士。　㉑齐明:东周臣。周最:东周君之子。陈轸:曾仕齐、楚。召滑(shào gǔ):楚臣。楼缓:曾任魏相。翟景:魏人。苏厉:苏秦之弟。乐毅:燕将,中山国人。　㉒吴起:卫将。孙膑:孙武的后代,齐将。带佗:楚将。倪良、王寥:都是当时著名将领。田忌:齐将。廉颇、赵奢:皆赵将。制:控制,统帅。朋:伦,类。　㉓仰:向着,迎着。㉔延:引,迎。　㉕逡逡:即逡巡,犹豫不前。　㉖亡矢遗镞之费:指很小的损失。亡、遗:失。矢:箭。镞(zú):箭头。　㉗赂:赠送财物,这里是奉送的意思。　㉘弊:疲困。　㉙北:败北,这里指败兵。㉚橹:大盾牌。　㉛伏:同"服"。　㉜施(yì)及:延续到。孝文王:昭襄王之子。庄襄王:孝文王之子。　㉝享国日浅:在位时间短。孝文王即位三日而死,庄襄王在位三年。　㉞奋:发扬。六世:指前述六代君王。烈:功业。　㉟振:举起。策:马鞭。御:驾御,统治。㊱二周:指周末的东周和西周两个小国。亡:这里是使动用法。㊲履:登上。至尊:指帝位。六合:上下四方。　㊳搞朴:同"敲朴",两种打人的刑具,短的叫敲,长的叫朴。　㊴百粤:同"百越",古代南方越族各部落的总称。　㊵桂林、象郡:二郡名,在今广西壮族自治区一带。　㊶委:托付。㊷蒙恬:秦名将,祖先是齐国人。藩篱:指边防。　㊸却:退。㊹牧马:这里意指侵扰。㊺燔:焚烧。㊻黔首:老百姓。　㊼堕(huī):同"隳",毁坏。㊽销:熔化。锋镝

(dí):泛指兵器。锋:兵刃。镝:箭头。 ㊾践:踩,登。华:华山。(50)河:黄河。池:护城河。 (51)劲弩:强弓,这里指弓弩手。 (52)谁何:督察。 (53)金城:坚固的城墙。 (54)殊俗:不同风俗的地方,指边远地区。 (55)陈涉:即陈胜,中国历史上第一次大规模农民起义的领袖。瓮牖绳枢:以破瓮当窗户,用绳索系门轴,这里是说陈胜家境极为贫寒。 (56)氓(méng)隶:指出卖劳动力的农民。 (57)迁徙之徒:被征发服役的人。 (58)仲尼:孔子。墨翟:墨子。 (59)陶朱:即范蠡,春秋时越人,他帮助勾践灭吴后,就跑到陶地经商,自称陶朱公,后来成了大富翁。猗(yī)顿:春秋时鲁人,也是著名的富商。(60)蹑:践。行(háng)伍:指军队。 (61)"俯起"句:是说陈胜来自民间。阡陌:田间小路。 (62)揭:举。 (63)赢:背。景:通"影"。(64)山东:泛指崤山以东广大地区,战国时指秦以外的六国。秦族:指秦政权。 (65)自若:如故。 (66)耰(yōu):平整土地的农具。棘矜:棘木矛柄。棘:酸枣树。矜:矛柄。 (67)钩戟:带钩的戟。长铩(shā):长矛一类的武器。 (68)谪戍之众:因罪被贬戍守边疆的人。(69)"非抗"句:"于"字原无,据潭本及《史记》《汉书》补。 (70)"然而"句:《汉书·陈胜传》"也"上有"何"字。 (71)度(duó)长絜(xié)大:比量长短大小,是"比权量力"的意思。 (72)致:取得。万乘:周制,天子兵车万乘,后因用作帝王的代称。 (73)序:安排摆布。八州:古时天下分为九州,秦据雍州,秦以外还有八州。同列:指原先与秦平等的六国。朝:使动用法,使……来朝。 (74)七庙:天子祖庙。周制,天子祖庙奉祀七代祖先,后以七庙作为封建国家政权的代称。(75)攻:指秦统一天下时而言。守:指面对陈胜起义而处的守势而言。

翻译

秦孝公占据崤山、函谷关一带的险要之地，拥有古雍州的地盘，君臣坚守，伺机夺取东周江山。他心怀君临天下、兼并海内的志向。当时，商鞅辅佐他，国内制定法令制度，致力农桑，整治防守和攻战的器械，对外推行连横的策略，使诸侯之间互相争斗，这样秦人轻而易举地夺取了黄河西岸一带的土地。

秦孝公死后，惠文王、武王、昭襄王，他们继承前辈旧业，因循前代国策，南面夺取汉中，西面拿下巴蜀，东部割取了肥沃的土地，北部收取了地势重要的州郡。诸侯恐慌害怕，结成联盟，谋划削弱秦国的力量，不吝惜贵重的珍宝和肥沃的土地，用以招纳天下士人，实行合纵的策略，结交盟友，相互支持，联成一体。当时，齐国有孟尝君，赵国有平原君，楚国有春申君，魏国有信陵君，这四个人都聪明智慧，忠实可信，宽厚爱人，尊贤重士。他们约为合纵，离散连横，加上又有韩、魏、燕、赵、宋、卫、中山等国的人马。当时六国之士当中，有宁越、徐尚、苏秦、杜赫等人替他们出谋划策，有齐明、周最、陈轸、召滑、楼缓、翟景、苏厉、乐毅等人替他们商量策略，有吴起、孙膑、带佗、倪良、王廖、田忌、廉颇、赵奢等人替他们统辖兵马。他们曾经用十倍的土地，百万兵马，迎关攻秦。秦人打开关口，延引敌人，九国军队竟然犹犹豫豫，不敢进去。秦人不费一弓一箭，而天下诸侯已经处于困境了。于是合纵解散了，联盟瓦解了，争着割地奉送秦国。秦国有足够的力量制服疲惫的诸侯军队，追逐逃兵败将，使诸侯军队横尸百万，血流成河。秦也就趁此大好形势，宰割天下，分裂山河。强国请求归顺，弱国前来朝拜。

　　到孝文王、庄襄王时，他们在位时间很短，国家无事。等到秦始皇继位，他发扬前六代君王的功业，举起长鞭驾驭天下，吞并东西二周，灭亡了诸侯各国，登上帝位，统治海内，用残酷的刑罚镇压天下人民，威震四海。南边攻取百越之地，建成桂林郡和象郡；百越君王低头就擒，把自己的性命交给了秦国的下等官吏；又派蒙恬北筑长城，守卫边疆，把匈奴赶退七百多里；匈奴人不敢南下侵扰，东方士人不敢拔箭报仇。于是秦始皇废除先王治国之道，焚烧各家著作，借以使人民变得愚昧无知；毁坏名城，杀害豪俊，收取天下武器，集中到咸阳熔化，铸成十二尊金属人像，借以来削弱天下人民的力量。然后盘踞华山，把它当作城墙，借黄河为护城河，占据万丈高险，面临百尺深渊，以此作为巩固的防线。派杰出将领和强健的士兵把守要害的地方；到处布下忠诚的大臣和精良的士卒，手持锐利的武器，四处督察，严密防守。天下已定，秦始皇自以为险固的关中，铁打的江山，是他传之子孙万代的帝王基业。

　　秦始皇死后，当年的声威还能震慑到很远的地方。但是，陈涉是一个用破瓮当窗户、用绳子系门轴的穷人家子弟，一个卖苦力为生的农民，一个被征发服役的役夫，他才能赶不上普通人，既没有孔子、墨子那样的贤明，也没有陶朱、猗顿那样的富足，行伍出身，起自民间，带着疲困的士卒，领着几百人马，转而攻秦，斩断树木做武器，举起竹竿为旗帜，天下人民像浮云一样地聚合起来，像回声一样地应合，背着粮食紧紧跟随队伍，崤山以东六国豪杰共同起事就推翻了秦国的统治。

　　说起来秦天下并没有缩小、削弱，雍州之地、崤山、函谷关的险固也和从前一样。陈涉的地位，比不上齐、楚、燕、赵、韩、魏、宋、卫、中山等国的君王尊贵，锄头、木棍等武器，比不上钩戟、长矛；因为犯罪被贬戍守边疆的人马，也不是九国军队的对手；他们深谋远虑，行军用兵的方法，也赶不上从前那些将士。但是，结局却成败不同，功业相反。假如东方六国能和陈涉较量一番，那两者的力量悬殊，不能相提并论。然而秦国凭借着关中一小块土地，终于取得帝王的权势，摆布诸侯各国，使之入朝称臣，历时一百余年。然后以天地四方为家，以崤山、函谷关之内为宫；到最后，陈涉一个人起事发难便使江山断送，子婴身死于他人之手，被天下人讥笑，这是什么原因呢？这是因为不能施行仁政而攻和守所面临的形势截然不同的缘故啊。

过秦（中）

　　本篇首先对秦统一中国的历史功绩和统一后的政治形势作了热情讴歌和肯定，认为这本是"专威定功"的好机会，但是由于秦始皇废王道而行暴政，先诈力而后仁义；秦二世更不知道吸取秦始皇的教训，改弦更张，反而变本加厉，越走越远，终于身死人手，以致最后亡国。从本篇文字里，我们可以看到贾谊为秦二世设想的一些政治措施，如"裂地分民以封功臣之后，建国立君以礼天下"，"轻赋少事"，"约法省刑"等等，大体上反映了贾谊刚刚参与议政时的基本政治主张。

━━━━━━━━━━━━━━━━━━━━━━━━

　　秦灭周祀①，并海内，兼诸侯，南面称帝，以养四海②。天下之士，斐然向风③。若是，何也？曰：近古之无王者久矣。周室卑微④，五霸既灭⑤，令不行于天下。是以诸侯力政⑥，强凌弱，众暴寡，兵革不休，士民罢弊⑦。今秦南面而王天下，是上有天子也。即元元之民冀得安其性命⑧，莫不虚心而仰上。当此之时，专威定功，安危之本，在于此矣。

秦王怀贪鄙之心，行自奋之智⑨，不信功臣，不亲士民，废王道而立私爱，焚文书而酷刑法⑩，先诈力而后仁义，以暴虐为天下始。夫兼并者高诈力，安危者贵顺权，此言取与守不同术也⑪。秦离战国而王天下⑫，其道不易，其政不改，是其所以取之也。孤独而有之，故其亡可立而待也。借使秦王论上世之事，并殷、周之迹⑬，以制御其政⑭，后虽有淫骄之主，犹未有倾危之患也。故三王之建天下⑮，名号显美，功业长久。

今秦二世立⑯，天下莫不引领而观其政⑰。夫寒者利裋褐⑱，而饥者甘糟糠。天下嚣嚣⑲，新主之资也。此言劳民之易为仁也。向使二世有庸主之行而任忠贤，臣主一心而忧海内之患，缟素而正先帝之过⑳；裂地分民以封功臣之后，建国立君以礼天下㉑；虚图圄而免刑戮，去收孥污秽之罪㉒，使各反其乡里㉔；发仓廪㉕，散财币，以振孤独穷困之士㉖；轻赋少事，以佐百姓之急㉗；约法省刑，以持其后㉘，使天下之人皆得自新，更节修行㉙，各慎其身；塞万民之望㉚，而以盛德与天下，天下息矣㉛。即四海之内皆欢然各自安乐其处㉜，惟恐有变。虽有狡害之民，无离上之心，则不轨之臣无以饰其智，而暴乱之奸弭矣㉝。

二世不行此术，而重以无道：坏宗庙与民㉞，更始作阿房之宫㉟；繁刑严诛，吏治刻深㊱；赏罚不当，赋敛无度。天下多事，吏不能纪㊲；百姓困穷，而主不收恤㊳。然后奸伪并起，而上下相遁㊳；蒙罪者众，刑戮相望于道，而天下苦之。自群卿以下至于众庶，人怀自危之心，亲处穷苦之实，咸不安其位，故易动也。是以陈涉不用汤、武之贤㊵，不借公侯之尊，奋臂于大泽㊶，而天下响应者，其民危也。

故先王者，见终始之变，知存亡之由。是以牧民之道㊷，务在安之而已矣。下虽有逆行之臣，必无响应之助。故曰"安民可与为义，而危民易与为非"，此之谓也。贵为天子，富有四海，身在于戮者，正之非也㊸。是二世之过也。

---

①周祀：指东周。祀：祭祀。宗庙祭祀中断，就意味着国家灭亡。
②"以养"句：原作"以四海养"，据《史记》改。养：养育，统治。
③斐然：同"靡然"，顺风而倒的样子。向风：闻风归向。　④卑微：衰败。　⑤五霸：春秋时先后称霸的五个诸侯王。所指说法不一，一般指齐桓公、晋文公、秦穆公、宋襄公和楚庄王。　⑥政：通"征"。

⑦罢(pí)：通"疲"。　⑧元元之民：老百姓。冀：希望。　⑨自奋：自以为出人之上。　⑩文书：书籍。　⑪"此言"句：原作"推此言之，取与攻守不同术也"，据潭本改。　⑫"秦离"句："秦"下原有"虽"字，依《史记》删。离：离散。　⑬并：通"傍"，因循，沿着。　⑭制御：控制，统治。　⑮三王：一般是指夏禹、商汤、周文王和周武王。⑯秦二世：胡亥，秦第二代皇帝，公元前210年至前207年在位，被赵高逼迫自杀。　⑰"天下"句："政"原作"亡"，据《史记》改。　⑱裋褐(shù hè)：粗布短衣，这里泛指很差的衣服。　⑲嚣嚣(áo)：忧愁怨恨的声音。　⑳缟(gǎo)素：白色的衣服，这里是穿着丧服的意思。先帝：已故帝王，指秦始皇。　㉑建国立君：建诸侯国，封诸侯王。　㉒囹圄(líng yǔ)：监狱。㉓收孥(nú)：古时一人犯法，其家属也要株连治罪，没为奴婢。　㉔反：通"返"。㉕仓廪(lǐn)：粮仓。　㉖振：通"赈"，救济。　㉗佐：帮助，解救。　㉘持：守候。㉙修：原作"循"，据《史记》改。　㉚望：怨恨。　㉛"天下"句："天下"二字原无，据《史记》补。　㉜即：则。　㉝弭(mǐ)：制止，消除。㉞"坏宗"句：疑有误字。　㉟阿房(ē páng)之宫：秦时宫殿，始筑于秦始皇三十五年(前212年)，规模极为宏大，全部工程到秦灭亡时还未完成，其建成部分被项羽焚烧，故址在今西安市西阿房村。㊱刻深：苛刻严酷。　㊲纪：治理。　㊳收恤(xù)：收容，救济。㊴遁：欺瞒。　㊵陈涉：即陈胜。汤：商汤王。武：周武王。　㊶"奋臂"句：原无"臂"字，据《史记》补。大泽：大泽乡，在今安徽宿州市西南。公元前209年，陈胜在这里组织起义。　㊷牧民之道：原作"牧之以道"，据《史记》改。牧：统治。　㊸正：通"政"，治国之道。

翻译

　　秦国灭了周王朝,兼并了诸侯各国,南面称帝,统治了天下。天下士人纷纷闻风归向。出现这种情况是什么原因呢? 回答是:战国以来,很久没有统一天下的帝王了。周王朝衰败,五霸已经覆灭,周天子的政令不能在天下施行。因此,诸侯以武力互相征伐,强国侵犯弱国,大国欺压小国,战乱不止,人民疲惫困乏。秦国称王天下,这就是上有天子了,便是庶民百姓也希望能够平安保命,没有不虚心敬仰皇帝的。当时应该树立专权、成就功业,安定危困局面的关键就在这里。

　　秦始皇心地贪婪、鄙陋,靠着自以为高明的才智,不相信功臣,不亲近士民,不行王道而施行自己欣赏的霸道,焚烧典籍,残酷施行刑罚制度,凡事靠欺诈和暴力先行,而轻视施行仁义的政策,成为天下靠暴虐治国的第一人。搞兼并战争的人崇尚欺诈和暴力,安定危困局面的人重视顺从权势,这是说攻取和守成要用不同的策略。秦分离六国而称王天下,其治国的方针政策却不改变,这是它用以夺取天下的方针政策啊。现在孤立无援的秦国占据天下,所以它很快就要灭亡。假如秦始皇能研究前代的历史,沿着殷、周的治国道路去治理国政,后代即使有骄横淫逸的君王,也不至于会有倾覆危亡的隐患危险啊。所以,三代圣王统治天下,美名赫赫,功业长久。

　　到秦二世即位,天下人民无不引颈而望,看他实行什么样的治国政策。那些挨冻的人觉得粗布短衣也是好的,挨饿的人觉得酒渣糠皮也是甜美的。天下人民怨声载道,正是新即位的君王争取民心、推行新政的好机会。这就是说:对劳苦的百姓很容易施行仁义。假如秦二世有平庸君王的品行并任用忠诚贤明的人,君臣一心,关心国家的忧患;穿着丧服,纠正死去的秦始皇的过错;把土地和人民分封给功臣后代,建立诸侯国,分封诸侯王,对天下施行礼义;使监狱空空,没有犯人,免除严厉的刑罚,废除掉收捕犯人妻子儿女做奴隶和处罚淫乱者的法令,让他们回到家乡去;打开仓库,发放粮食钱财,用来救济身无依靠和贫穷困苦的人;减少赋税徭役,解救老百姓的急难;简化法令,减少处罚,以待今后改过自新,使天下人民都能重新做人,改弦更张,讲究品行,谨慎处事;消除人民的怨恨,以盛德施行于天下,天下就安定了。举国上下都欢欢喜喜,各自安居乐业,唯恐会发生什么变乱。即使有狡猾为害的人民,他们也没有背叛君王的想法。这样,那些图谋不轨的大臣就没法施展他们的阴谋诡计,暴乱的隐患就会消除了。

秦二世不实行这些措施,反而更加暴虐无道:毁坏了皇室,坑苦了百姓,又重新修建阿房宫;刑法繁多,处罚严厉,官吏治狱,苛刻残酷;奖惩不当,征收赋税没有节制;天下徭役杂事很多,官吏们都没法统理;百姓困穷,但君王不予收容救济。这样,奸邪诡诈的行为一起发生,上下互相欺瞒;犯罪的人很多,受刑的、被杀的到处可见,天下人民深以为苦。从朝廷重臣到庶民百姓,个个怀有自危之心,切身处于穷苦之中,都不安于自己的处境,因而容易动乱。所以,陈胜用不着有像商汤王、周武王那样的贤明品德,也不借助于公侯那样的尊贵地位,在大泽乡举臂一呼,天下人便即刻响应,这是因为人民处境危困的缘故啊。

因此,前代圣王通过观察事物前后发展变化的过程,了解国家兴亡的原因。所以,统治人民的方法,说到底就是使他们安定罢了。下面即使有犯上作乱的臣子,也一定没有人响应支持。所以说,"生活安定的人能够同他们一起做正义的事情,而处于危困境地的人则容易参与干坏事",说的就是这个道理。论尊贵,是天子;论富有,享有天下,而自身却未能免于被杀戮,这是由于治国的方法错了。这便是秦二世的过错。

过秦（下）

本篇进一步分析秦王朝灭亡的原因，指出由于秦始皇、秦二世、子婴三主失道，繁法严刑，天下人敢怒而不敢言，"忠臣不谏，智士不谋"，百姓怨恨，内无辅，外无亲，"天下已乱，奸不上闻"，终于很快断送了江山；并且将秦王朝的政策与先王的政策加以比较，劝谏西汉统治者必须借鉴历史经验教训，"察盛衰之理，审权势之宜，去就有序，变化因时"，以求长治久安。

秦兼诸侯山东三十余郡①，修津关②，据险塞，缮甲兵而守之③。然陈涉率散乱之众数百，奋臂大呼，不用弓戟之兵，锄櫌白梃④，望屋而食⑤，横行天下。秦人阻险不守，关梁不闭，长戟不刺，强弩不射。楚师深入⑥，战于鸿门，曾无藩篱之难⑦。于是山东诸侯并起，豪俊相立。秦使章邯将而东征⑧，章邯因其三军之众，要市于外⑨，以谋其上⑩。群臣之不相信，可见于此矣。

子婴立⑪，遂不悟。借使子婴有庸主之材而仅得中佐⑫，山东虽乱，三秦之地可全而有⑬，宗庙之祀宜未绝也。秦地被山带河以为固⑭，四塞之国也⑮。自缪公以来至于秦王二十余君⑯，常为诸侯雄，此岂世贤哉？其势居然也⑰。且天下尝同心并力攻秦矣，然困于险阻而不能进者，岂勇力智慧不足哉？形不利、势不便也⑱。秦虽小邑，伐并大城，得阨塞而守之⑲。诸侯起于匹夫，以利会，非有素王之行也⑳。其交未亲，其民未附㉑，名曰亡秦，其实利之也。彼见秦阻之难犯，必退师。案土息民以待其弊㉒，收弱扶罢以令大国之君㉓，不患不得意于海内。贵为天子，富有四海，而身为禽者㉔，救败非也。

秦王足己而不问㉕，遂过而不变㉖。二世受之，因而不改㉗，暴虐以重祸。子婴孤立无亲，危弱无辅。三主之惑㉘，终身不悟，亡不亦宜乎？当此时也，世非无深谋远虑知化之士也㉙，然所以不敢尽忠拂过者㉚，秦俗多忌讳之禁也，忠言未卒于口而身糜没矣㉛。故使天下之士倾耳而听，重足而立㉜，阖口而不言㉝。是以三主失道，而忠臣不谏，智士不谋也。天下已乱，奸不上闻㉞，岂不悲哉！先王知壅蔽之伤国也㉟，故置公卿、大夫、士，以饰法设刑而天下治㊱。其强也，禁暴诛乱而天下服；其弱也，五霸征而诸侯从㊲；其削也，内守外附而社稷存。故秦之盛也，繁法严刑而天下震；及其衰也，百姓怨而海内叛矣。故周王序得其道，千余载不绝；秦本末并失，故不能长。由是观之，安危之统相去远矣㊳。

鄙谚曰㊴："前事之不忘，后事之师也㊵。"是以君子为国，观之上古，验之当世，参之人事㊶，察盛衰之理，审权势之宜㊷，去就有序㊸，变化因时，故旷日长久而社稷安矣。

---

①"秦兼"句：陶鸿庆说，此句疑有脱文，当云"秦兼山东诸侯，分天下为三十余郡"。②"修津"句："修"原作"循"。据刘师培说改依潭本。修：整治。津关：泛指交通要道。津：渡口。关：要塞。③缮：修补，整治。④耰（yōu）：一种平整土地的农具。白梃（tǐng）：大杖。⑤望屋而食：是说行军不用带粮，走到哪里吃到哪里，比喻横行天下。⑥"楚师"句："师"原作"沛"，据刘师培说改依潭本及《史记》。⑦曾：乃，竟。藩篱：指边防。⑧章邯：秦将，后投降项羽，楚汉战争中兵败自杀。⑨要（yāo）市：即约市，订契约交易。指公元前207年章邯投降项羽后，二人相约攻占秦地一事。要：通"邀"。⑩上：原作"二"，据诸本改从《史记》。⑪子婴：秦始皇长子扶苏的儿子。秦二世三年（前207年），赵高杀二世，立他为秦王。后投降刘邦，不久又被项籍所杀。⑫借使：假使。中佐：一般水平的辅佐

者。　⑬三秦：秦亡后，项羽封章邯为雍王，司马欣为塞王，董翳为翟王，三分秦关中故地，合称三秦。　⑭被：背靠。　⑮四塞：指四面都有天然关隘险阻。　⑯缪公：即穆公。春秋时秦国国君，名任好。公元前695年至前661年在位，是春秋五霸之一。秦王：即秦始皇。　⑰居然：安然。　⑱也：原无"也"字，据《史记》等补。　⑲阸塞：险要之地。　⑳素王：这里指有帝王之德而不居王位的人。㉑民：原作"名"，据沈、周本改。　㉒案：通"安"。其：指诸侯国。按，此句主语当是指秦。　㉓"收弱"句：原作"承解诛罢以令国君"，今据潭本等改从《史记》。　㉔禽：通"擒"，捉住。　㉕足己：自我满足。　㉖遂过：行过，坚持错误。　㉗因：因循。　㉘三主：指秦始皇、秦二世和子婴。　㉙知化：知变。　㉚拂(bì)：通"弼"，纠正。㉛卒：尽，完。糜没：碎烂，灭亡。　㉜重(chóng)足：叠足，形容恐惧而不敢前进的样子。　㉝阖(hé)口：闭嘴。　㉞"奸不"句："奸"下原有"臣"字，今据潭本及《史记》删。奸：邪恶。　㉟壅蔽：堵塞，指政治上言路不通，昏暗。　㊱饰：通"饬"，修治。　㊲征：通"正"，匡正。　㊳统：纲纪，法则。　㊴鄙谚：民间俗语。　㊵"后事"句："事"字原无，据潭本及《史记》补。　㊶参：检验。　㊷审：详察。㊸去就：取舍。

翻译

　　秦人兼并了诸侯各国崤山以东三十多郡，整修交通要道，占据险阻要塞，修缮铠甲兵器，做好防守的一切准备。然而陈涉率领着几百名散乱人马，振臂疾呼，不用弓戟等兵器，只靠锄头棍棒，所向披靡，横行天下。秦军溃败，险要之地无人把守，关隘桥梁畅通无阻，虽有长戟劲弩，也没有人用来抵抗。楚军深入，战于鸿门，竟然没有在边防上遭遇抵抗。这时，东方诸侯豪俊一同起事。秦人派章邯带兵东征，章邯凭借三军兵马，和项羽相约攻秦，阴谋推翻秦二世。由此可以看到，群臣对秦二世是多么没有信义。

　　子婴立为秦王后，仍然不知醒悟。假如子婴有一般君王的才能，而只要得到一个中等水平的辅佐者，东方六国虽然动乱，但关中之地却一定能保全不失，秦朝江山是不该断送的。秦地被山带河，形势险固，四面都有天然关隘险阻。自秦穆公以后一直到秦王二十多代君王，常常是诸侯中的领先者。难道历代君王都贤明吗？不是，只是因为国家所处的地势安全才这样的。而且，天下诸侯曾经同心协力进攻过秦国，但都为险阻所困而不能前进，这难道是因为勇气力量和智慧不够的缘故吗？也不是，只是因为地形地势不利啊。秦国虽然只是些小城，但之后攻取、兼并了大城，并选择险要的关隘据守着。诸侯起于民间，因为求得某些好处而结合在一起，并没有帝王的品德。他们的盟友并不诚信团结，人民也不归顺他们，名义上是要灭秦，实质上只是为自己谋利益。他们见到秦国关隘险阻难以侵犯，一定会撤兵退回。秦国借此安定国境，让人民休养生息，等待诸侯疲困，趁机接纳弱小国家，扶持衰微的国家，以此摆布大国的君王，不怕不得意于天下。贵为天子，富有天下，自己却被人擒获，这是因为挽救败局的政策是错误的啊。

秦始皇刚愎自用，不问政事，坚持错误不改。秦二世又继承这些错误政策不加改变，并且更加凶残暴虐，从而加重了灾祸。子婴孤立而无人亲附，危弱而无人辅佐。这三代君王昏庸糊涂，终身不曾醒悟，灭亡不也是应该的吗？当时，国家不是没有深谋远虑、洞察世变的人，但是，他们所以不敢竭尽忠诚、纠正过失，是因为秦政有许多忌讳的禁条——还不等忠言说出口，自己却粉身碎骨了。因而使得天下人对任何事情只好侧耳而听，裹足不前，闭口不言。所以，三代君王丧失帝道，忠臣不肯直言劝谏，智士不肯为之谋划，天下已乱，奸行邪恶传不到君王耳朵里，不是十分可悲吗！先王懂得政治上的昏暗会伤害国家，所以设置公卿、大夫和士，让他们整治法令，设立刑法，国家因此大治。当它强盛的时候，它能够禁止凶暴、讨伐叛乱，天下顺服；当它衰弱的时候，五霸会出来匡正而诸侯顺从；当它受挫的时候，内部固守，外部亲附，国家因此能够生存。而秦国在强盛的时候，法令繁苛，刑法严酷，天下不安；等到它衰弱的时候，百姓痛恨，天下背叛。所以，周王统治有道，江山传至一千余年，秦国从治国大纲到具体政策都不正确，所以国运不能长久。由此看来，实现安定的纲领政策和导致危难的纲领政策两者相差太远了。

民间俗话说："前事不忘，后事之师。"所以，君子治国，总是观察上古历史，以当世之事加以检验，并以人事加以参证，洞察盛衰的道理，明审权势是否相宜，取舍有道，根据时势而改变政令，因而能够做到江山久享，国家安定。

数宁

《汉书·贾谊传》里载有经过删节整理的《治安策》（又称《陈政事疏》），是贾谊写给汉文帝的奏章，内容包括对当时形势的看法，以及针对当时形势提出的一系列治国安民的重大政治措施。这些内容大体分布在《新书》的《宗首》《数宁》《藩强》《大都》《五美》《制不定》《阶级》《俗激》《时变》《孽产子》《亲疏危乱》《解县》《威不信》《势卑》《保傅》各篇里。本篇内容和《治安策》开头部分差不多，主要是陈述对当时形势的基本看法，劝谏汉文帝及早采取措施，拨乱反正，实现长治久安；但文字上和《汉书·贾谊传》所载稍有不同，有些地方语意难解或不连贯，似多有讹误增窜处。"数（shǔ）宁"，意思是——陈述治安方略。

臣窃惟事势，可痛惜者一，可为流涕者二，可为长大息者六^①。若其他倍理而伤道者^②，难遍以疏举^③。进言者皆曰天下已安矣，臣独曰未安；或者曰天下已治矣，臣独曰未治。恐逆意触死罪，虽然，诚不安^④，诚不治，故不敢顾身，敢不昧死

以闻。夫曰天下安且治者，非至愚无知，固谀者耳⑤，皆非事实知治乱之体者也⑥。夫抱火措之积薪之下而寝其上⑦，火未及燃，因谓之安，偷安者也。方今之势，何以异此！夫本末舛逆⑧，首尾横决⑨，国制抢攘⑩，非有纪也⑪，胡可谓治！陛下何不一令臣得熟数之于前⑫，因陈治安之策，陛下试择焉。

射猎之娱与安危之机孰急也⑬？臣闻之，自禹已下五百岁而汤起，自汤已下五百余年而武王起，故圣王之起，大以五百为纪⑭。自武王已下过五百岁矣，圣王不起，何怪矣⑮。及秦始皇帝，似是而卒非也，终于无状⑯。及今天下集于陛下，臣观宽大知通⑰，窃曰：足以掺乱业⑱，握危势。若今之贤也，明通以足⑲，天纪又当，天宜请陛下为之矣；然又未也者，又将谁须也⑳？使为治，劳知虑，苦身体，乏驰骋钟鼓之乐，勿为可也。乐与今同耳。因加以常安，四望无患；因诸侯附亲轨道㉑，致忠而信上耳；因上不疑其臣，无族罪㉒，兵革不动，民长保首领耳㉓；因德穷至远，近者匈奴，远者四荒，苟人迹之所能及，皆乡风慕义㉔，乐为臣子耳；因天下富足，资财有余，人及十年之食耳㉕；因民素朴，顺而乐从令耳；因官事甚约㉖，狱讼盗贼可令鲜有耳㉗。 大数既得㉘，则天下顺治，海内之气清和咸理，则万生遂茂㉙。 晏子曰㉚："唯以政顺乎神，为可以益寿。"发子曰㉛："至治之极，父无死子，兄无死弟，途无襁褓之葬㉜，各以其顺终。"谷食之法㉝，固百以足㉞，则至尊之寿轻百年耳㉟。 古者五帝皆逾百岁㊱，以此言信之。 因生为明帝，没则为明神，名誉之美垂无穷耳；礼，祖有功㊲，宗有德。 始取天下为功，始治天下为德。 因顾成之庙为天下太宗㊳，承太祖，与汉长亡极耳㊴；因卑不疑尊㊵，贱不逾贵，尊卑贵贱，明若白黑，则天下之众不疑眩耳㊶；因经纪本于天地㊷，政法倚于四时，后世无变故，无易常㊸，袭迹而长久耳㊹。 臣窃以为建久安之势，成长治之业，以承祖庙，以奉六亲㊺，至孝也；以宰天下，以治群生㊻，神民咸亿㊼，社稷久飨，至仁也；立经陈纪㊽，轻重周得，后可以为万世法㊾，以后虽有愚幼不肖之嗣㊿，犹得蒙业而安，至明也。 寿并五帝(51)，泽施至远(52)，于陛下何损哉？ 以陛下之明通，因使少知治体者得佐下风(53)，致此治非有难也。 陛下何不一为之，其具可素陈于前(54)，愿幸无忿。 臣谨稽之天地⑤，验之往古，案之当时之务，日夜念此至孰也，虽使禹舜生而为陛下计，无以易此。

---

①本文与《汉书·贾谊传》载《治安策》开头部分的内容大体相同，而《治安策》的主要内容又分布在《新书·宗首》等各篇里，所以句中"一"、"二"、"六"，不能一一指明，读者可与《新书》其他篇章互相参阅。惟：考虑。大息：同"太息"，深深叹息。　②若：至于。倍：通"背"，违背。　③疏举：逐条列举。　④诚：实在，确实。　⑤谀(yú)：奉承。　⑥体：根本，本源。　⑦措：放置。薪：柴禾。　⑧舛(chuǎn)逆：颠倒，背离。　⑨横决：横断。　⑩抢攘：纷乱的样子。　⑪纪：条理。　⑫熟：精详。　⑬机：事务。　⑭纪：这里有周期的意思。　⑮"何怪"句："怪"原作"懈"，今据俞樾说改从吉本。　⑯无状：没有成就。　⑰知：通"智"。　⑱足：原作"是"，据周本沈本改。掺：同"操"，掌握，驾驭。　⑲以：通"已"。　⑳谁须：等待什么。谁：什么。须：等待。　㉑轨道：遵守法制。轨：遵循。　㉒族罪：灭族之罪。　㉓首领：头，这里指生命安全。　㉔乡：通"向"，趋向。风：教化。　㉕及：达到。　㉖约：简。　㉗狱讼：诉讼之事。鲜(xiǎn)：少。　㉘大数：指治国的根本法则。数：规律，法则。　㉙万生：各种生物。遂茂：生长繁茂。　㉚晏子：即晏婴，字平仲，春秋时齐国大夫。世传《晏子春秋》，是战国时人搜集他的言行编辑而成的。　㉛发子：未详。　㉜襁褓：背负小孩用的背带叫襁，包被叫褓，这里指儿童。　㉝谷食：以谷为食，指人类。　㉞足：原作"是"，

据卢文弨说改同周本、程本。　　㉟至尊：指皇帝。　　㊱五帝：指传说中的上古五代帝王。说法不一。《史记·五帝本纪》以为是黄帝、颛顼、帝喾、唐尧、虞舜。逾：超过。　　㊲"祖有功"二句：古代帝王的庙号，大致非祖即宗。开国皇帝一般尊为太祖、高祖，以后的就称太宗。这里是说，按照礼制，有功的称为祖，有德的称为宗。　　㊳顾：原作"观"，据《汉书·文帝纪》改。顾成之庙：汉文帝为自己所建庙的名字。　　㊴"与汉"句："与"下原有"天下"二字，今据文意删。俞樾说，"天下"当在上句"承"字下。亡（wú）极：没有尽头。　　㊵疑：通"拟"，比拟。　　㊶疑眩：疑惑，迷惑。　　㊷经纪：纲纪，秩序。　　㊸易常：改变常规。　　㊹袭迹：因袭旧制。　　㊺六亲：有几种不同的说法，一说指父、母、兄、弟、妻、子，或说指父、母、兄、弟、夫、妇等。㊻群生：百姓。　　㊼咸：都。亿：安定，安乐。　　㊽社稷久飨：国家长存。飨（xiǎng）：祭献。经：与"纪"义同，都是纲纪、法度的意思。㊾法：效法，效法的标准。　　㊿不肖：不成器，不贤。嗣（sì）：继承人，指后代君王。　　51并：齐同。　　52施（yì）：延续。　　53少：稍稍。佐下风：在下面作为辅佐。　　54具：办法，指治安之策。素陈：真诚地陈述。　　55稽：与下文"验""案"的意义相近，考察的意思。

翻译

　　我个人考虑国家大事和当前形势，认为可以令人痛惜的问题有一个，令人流泪的问题有两个，令人深深叹息的问题有六个。至于其他违背事理、损伤道义的问题，就难于一一列举了。向皇上献计献策、陈述政见的人都说国家已经安定了，我偏偏说并不安定;或是说国家已经大治了,我偏偏说并没有实现大治。我担心这样说会违背皇上的看法而触犯死罪,但即使如此,我还是认为国家确实并不安定,确实没有达到大治。因而,我不顾个人安危,冒着死罪的风险向皇上陈述我的意见。那些说国家已经安定、已经达到大治的人,不是特别愚昧无知,便是讨好奉承,都不是根据事实认识治乱根本所在的人。把火放在柴堆下,人睡在柴堆上,火一时还没有燃烧起来,就认为是平安无事,这是苟且偷安的人。如今国家的形势,与这有什么不同呢!本末倒置,上下断裂,国制纷乱,没有个条理,怎么能说是大治!皇上何不让我详细地列举这些问题?因此,我提出使国家安定大治的意见,请皇上加以抉择。

打猎娱乐同国家安危的大事哪一个紧急呢?我听说,夏禹以后五百年出现商汤,商汤以后五百多年出现周武王,所以,圣王的出现一般以五百年为一个周期。周武王以后已经超过五百年了,圣王没有出现,多么令人奇怪!等到秦始皇出现,他好像算是一个圣王;但终究依然不是,因为他最后并没有什么成就。如今皇上掌握着国家大权,我看皇上仁厚宽大,智慧通达,私下说皇上能够掌管当前混乱的局面,驾驭当前危险的局势。如今皇上贤德,圣明通达,又符合圣王五百年出现一次的规律,这是皇天赐给皇上治国安邦的机会啊;但是皇上却没有行动,还等待什么呢?假如治理国家只是费心耗神,劳累身体,很少有钟鼓游猎之乐,那么不去治理还可以;但问题是,国家治理以后,这些娱乐和现在是一样的。因为国家得到了治理,年年平安,处处没有忧患;因为诸侯归顺亲附、遵守法制、一心效忠并且相信皇上;因为皇上不怀疑群臣,没有灭族之罪,没有战争,人民生命得到保证;因为皇上恩德能普及到最远的地方,近处的匈奴,远处的四方边远地区,凡是人足迹能够到达的地方,都归顺朝廷,仰慕大义,乐于做皇上的臣民;因为国家富足,资财有余,每人都有够吃十年的粮食;因为人民朴素顺服、乐于服从朝廷法令;因为官府政事很简约,诉讼案件、抢劫偷盗也很少有。掌握了治国的根本法则,国家就能和顺太平,社会将出现一片清平和睦、井然有序的景象,万物将欣欣向荣。晏子说:"只要政治符合天道,就能够延年益寿。"发子说:"治理得特别好的社会,父亲不会让子女早死,哥哥不会让弟弟早死,道路上不会见到有儿童死了被埋葬的情况,人人都可以尽其天年,活得长久。"根据人类生死规律,能活到一百岁已是高寿了,但天子并不以一百岁为高寿。古时黄帝等五代帝王都超过了一百岁,可见这种说法是可信的。因为生前被称为圣明的皇帝,死后就奉为圣明的神灵,美名流传千古;根据古礼,有功的称为祖,有德的称为宗。最初夺取天下就是功,最初治理天下就是德。国家治理好了以后,顾成之庙的神主就是太宗,上承太祖,同汉朝江山一起永存。因为地位低的不敢和地位高的相比,卑贱的不敢超越尊贵的,尊卑贵贱,像黑白一样分明,天下百姓就不会迷惑不清了。因为治国纲领和政治法令是根据自然规律制订的,后代没有变化,不改变常规,永远遵循。我认为,成就长治久安的功业,以此来继承祖业,奉养六亲,这是最大的孝;以此来主宰天下,统治百姓,使神灵和人民普遍安乐,国家长存,这是最大的仁;建立的制度和法则都合适恰当,可以作为以后子孙万代效法的标准。后世即使有愚昧、幼小、不成器的继承人,也能够因承旧业,保证天下平安,这是最大的明。寿可以与五帝齐同,恩泽可以普及到最边远的地区,这对皇上有什么损失呢?凭着皇上的圣明通达,再加上那些略知治国大计的人在下面辅佐,达到这样的大治局面并没有困难。皇上何不这么办一下,使他们的治安方略可以如实地谈出来,希望皇上不要忽视这些意见。我认真考察了天地万物,检讨了历史经验,研究了当前必须解决的事情,日夜思考这些意见,已经很成熟了。即使禹、舜再生为皇上谋划,也只有实行这些办法。

藩强

西汉王朝在初期的几十年里,事实上还是处于半割据状态。刘邦平定异姓王叛乱后,又大封同姓王。到汉文帝时,同姓王势力日增,反叛时起,严重地威胁着王朝统治。因此,如何解决统治阶级内部的矛盾、保证中央政权的巩固已成为西汉统治者最为迫切的问题之一。贾谊对此高度警觉,极为重视。他通过总结异姓王"大抵强者先反"的教训,提出"割地定制""众建诸侯而少其力"的意见,对西汉王朝的巩固和统一作出了贡献。贾谊这方面的思想在本篇及《大都》《五美》《制不定》等文里都有集中反映,阅读时可互相参照。藩,意谓诸侯封地,诸侯。

窃迹前事①,大抵强者先反:淮阴王楚②,最强,则最先反;韩王信倚胡③,则又反;贯高因赵资④,则又反;陈豨兵精强⑤,则又反;彭越用梁⑥,则又反;黥布用淮南⑦,则又反;卢绾国北⑧,最弱,则最后反。长沙乃才二万五千户耳⑨,力不足以行逆。则功少而最完,势疏而最

忠，全骨肉⑩。时长沙无故者⑪，非独性异人也，其形势然矣。

曩令樊、郦、绛、灌据数十城而王⑫，今虽以残亡，可也；令韩信、黥布、彭越之伦列为彻侯而居⑬，虽至今存，可也。然则天下大计可知已⑭：欲诸王皆忠附，则莫若令如长沙；欲勿令菹醢⑮，则莫若令如樊、郦、绛、灌；欲天下之治安，天子之无忧，莫如众建诸侯而少其力⑯，力小则易使以义，国小则无邪心。

---

①迹：考察。　②淮阴：指淮阴侯韩信，初属项羽，后归刘邦封为齐王，后改封为楚王。高祖六年（前201年），因谋反贬为淮阴侯。高祖十一年（前196年），因勾结陈豨谋反被吕后处死。王（wàng）：称王，统治。楚：当时指今江苏铜山、徐州一带。　③韩王信：战国时韩襄王之孙，汉初封为韩王，后勾结匈奴奴隶主贵族叛乱，兵败被杀。倚：倚仗，依靠。　④贯高：张敖之相，曾阴谋刺杀刘邦，事败被迫自杀。张敖是赵王，所以才说"因赵资"。因：凭借。赵：在今河北邯郸一带。　⑤陈豨（xī）：汉初封阳夏侯。高祖十年（前197年）勾结匈奴奴隶主贵族叛乱，自立为代王，兵败被杀。　⑥彭越：曾封为梁王，后因反叛被杀。梁：在今河南商丘一带。　⑦黥（qíng）布：黥，古代在犯人脸上刺刻涂墨的刑法。黥布即英布，因犯法被刺脸，故又称为黥布。初属项羽，封为九江王。后归汉，封为淮南王。高祖十一年（前196

年），因反叛被杀。淮南：指今安徽淮南市一带。　⑧"卢绾（wǎn）"句："北"原作"比"，据潭本改。卢绾：汉初封为燕王。高祖十二年（前195年）勾结匈奴奴隶主贵族反叛；后投奔匈奴，死于匈奴。⑨长沙：指长沙王吴芮（ruì）。高祖五年（前202年）封为长沙王。在汉初诸侯中，他势力最小，比较安分，直到文帝时，他的后代仍袭爵为王。　⑩全骨肉：《汉书·贾谊传》无此三字。　⑪无故：无事，指没有叛乱。　⑫曩：从前。樊：指樊哙，汉初封舞阳侯。郦（lì）：指郦商，汉初封曲阳侯。绛：指绛侯周勃。灌：指颍阴侯灌婴。四人皆为列侯。　⑬伦：类，辈。彻侯：即列侯。　⑭已：通"矣"。　⑮菹醢（zū hǎi）：一种把人杀死再剁成肉酱的酷刑。　⑯众建诸侯而少其力：多封诸侯，减小他们的力量。也就是《五美》篇里讲到的把原诸侯国分成若干国，再在那里分封始封者的子孙。

翻译

　　我考察往事，大致是力量强大的诸侯王首先反叛：淮阴侯韩信在楚地称王，力量最强，所以他最先反叛；韩王信倚仗匈奴势力，就接着反叛；贯高凭借赵国力量，又接着反叛；陈豨有精锐强大的军事力量，就又反叛；彭越利用梁国力量，就又反叛；黥布利用淮南的力量，就又反叛；卢绾建国北方，力量最弱小，所以他最后反叛。长沙王封地内只有二万五千户，没有谋反的力量。这么看，功勋少的却倒保全得最完好，势力弱的反而最忠诚，因而能够保全自己的家族。当时长沙王所以没有谋反叛乱，不只是他个性和别的诸侯王不同，也是形势决定他这样做的。

藩强

过去,假如让樊哙、郦商、周勃、灌婴占据几十个城池称王,如今也可能因此而国破身亡了;假如韩信、黥布、彭越等人仅仅封为列侯,现在他们还可能安然无恙。这样,治理国家的方针大计就可以知道了:要想让诸侯王都忠心归顺朝廷,那就最好让他们都像长沙王那样地少力微;要想让诸侯王不受剁成肉酱的酷刑,那就最好让他们都像樊哙、郦商、周勃、灌婴那样不要封国称王;要想让国家安定太平,皇上无忧无虑,那就最好多分封诸侯,减小他们的势力。势力小就容易使他们按照道义行事,封地小就不会产生邪恶的念头。

大都

　　本篇针对诸侯王势力太大的时弊,借楚灵王大建陈、蔡等四城并厚其势力而终于尾大不掉,导致国乱身亡的故事,警告汉文帝不要重蹈楚灵王覆辙。又把国家的形势比作一个人得脚肿和脚掌反扭的重病,很难支撑,很难行动自如,劝说文帝尽快改变诸侯王力量太强而中央难以控制的状况,果断迅速地采取削藩措施。

　　昔楚灵王问范无宇曰[①]:"我欲大城陈、蔡、叶与不羹[②],赋车各千乘焉[③],亦足以当晋矣!又加之以楚,诸侯其来朝乎?"范无宇曰:"不可。臣闻大都疑国[④],大臣疑主,乱之媒也;都疑则交争,臣疑则并令[⑤],祸之深者也。今大城陈、蔡、叶与不羹,或不充[⑥],不足以威晋;若充之以资财,实之以重禄之臣[⑦],是轻本而重末也[⑧]。臣闻'尾大不掉,末大必折',此岂不施威诸侯之心哉?然终为楚国大患者,必此四城也。"灵王弗听,果城陈、蔡、叶与不羹。实之以兵车,充之以大臣。是岁也,诸侯果朝。居数年,陈、蔡、叶与不羹或奉公子弃疾内作难⑨，楚国云乱⑩，王遂死于乾溪芋尹申亥之井⑪。为计若此，岂不可痛也哉！悲夫！本细末大，弛必至心⑫。时乎！时乎！可痛惜者此也。

天下之势方病大瘇⑬：一胫之大几如要⑭，一指之大几如股⑮，恶病也。平居不可屈信⑯，一二指搐⑰，身固无聊也⑱。失今弗治，必为锢疾，后虽有扁鹊⑲，弗能为已⑳。此所以窃为陛下患也。非徒病瘇也㉑，又苦跖戾㉒。元王之子㉓，帝之从弟也㉔；今之王者㉕，从弟之子也。惠王之子㉖，亲兄之子也；今之王者㉗，兄子之子也。亲者或无分地以安天下㉘，疏者或专大权以逼天子㉙。臣故曰"非徒病瘇也，又苦跖戾"。可痛哭者，此病是也。

---

①楚灵王：春秋楚共王之子，楚康王之弟，名围，杀康王之子郏敖自立。后太子被杀，众叛亲离，自缢而死。范无宇：《左传·昭公十年》作"申无宇"。申、范，一是姓，一是所居之地，实是一人。②大城：扩建城池。陈、蔡、叶与不羹（láng）：都是当时的小国或小邑。③赋车：兵车。赋，古时按田赋出兵，故称兵为赋。乘（shèng）：量词，一车四马叫一乘。④疑：通"拟"，比拟。⑤并令：同令，指大

臣拥有同君王一样发号施令的权力。　⑥充：实。　⑦重禄之臣：权臣。　⑧本：指朝廷。末：指诸侯国。　⑨弃疾：即楚平王，共王之子，灵王之弟。　⑩云乱：如云之乱，大乱。　⑪芊：原作"芋"，今从何本。乾溪：地名，在今安徽亳（bó）州市东南。芊尹：驱兽之官。申亥：人名。按，《左传·昭公十三年》说"王缢于芊尹申亥氏"，《史记·楚世家》说"王死申亥家"，《淮南子·泰族训》说"饿于乾溪，食莽饮水，枕块而死"，传说各不相同。　⑫弛必至心：比喻将病入膏肓，形势十分严重。弛：毁坏。《韩非子·扬权篇》："枝大本小，将不胜春风；不胜春风，枝将害心。"与此意同。　⑬瘇（zhǒng）：脚肿病。以下用脚肿病比喻当时诸侯王势力太大而难以控制的形势。　⑭胫：小腿。要：通"腰"。　⑮指：通"趾"。　⑯信：通"伸"。　⑰指擂：比喻诸侯作乱。　⑱无聊：没有依靠，难以支撑。　⑲扁鹊：战国时的名医，姓秦，名越人。　⑳已：通"矣"。　㉑"非徒"句："非徒病瘇"原作"病非徒瘇"，据王念孙《读书杂志》卷五说改与下文一律。　㉒跖戾（zhí lì）：脚掌扭曲弯形。跖，足底。戾，反戾。　㉓元王：楚元王刘交，其子刘郢和文帝是堂兄弟。　㉔从弟：堂弟。　㉕"今之"二句：当时的楚王刘戊是刘郢的儿子，所以说是"从弟之子"。　㉖惠王：齐悼惠王刘肥，他是文帝的哥哥，其子刘襄即是文帝的"亲兄之子"。　㉗"今之"二句：当时的齐王是刘襄的儿子刘则，便是文帝的"兄子之子"。　㉘亲者：指文帝子孙。分（fèn）地：该分封的一份土地。　㉙疏者：指楚元王、齐悼惠王等诸侯王的子孙。专：专擅，独断。

翻译

    从前,楚灵王问范无宇说:"我想要扩建陈、蔡、叶和不羹四城,让他们每个城都有兵车千乘,也就足以抵挡晋国了!又加上我们楚地的兵力,这样,诸侯恐怕会来朝拜我们了吧?"范无宇说:"不行。我听说诸侯国都邑过制而与国都相同,大臣越分而与君王权力相同,这是祸乱的渊源。都邑建制与国都相同就会引起互相争斗,大臣权力与君王相同就会使大臣拥有同君王一样发号施令的权力,那样,灾难将会十分深重。如今君王要扩建陈、蔡、叶与不羹,如果不充实力量,就不足以威慑晋国;如果给以充足的资财和重臣,这又是轻本重末的做法。我听说'尾大不掉,末大必折'的说法,扩建陈、蔡、叶和不羹四城难道不是想施威于诸侯吗?然而最终成为楚国祸患的,一定是这四个城。"楚灵王不听范无宇的劝谏,还是大建了陈、蔡、叶和不羹四城,给以兵车和重臣。这一年,诸侯果然来朝拜楚灵王。过了几年,陈、蔡、叶和不羹,他们中有的人拥戴公子弃疾在内部发难。楚国大乱,楚灵王终于死于乾溪芋尹申亥的井中。像这样去谋划国政,不是令人悲痛吗!可悲呀,朝廷力量太小而诸侯力量太大,问题必然会发展到不可收拾的地步。时事啊时事,真是令人痛惜!

    国家的形势就像一个人得了脚肿病一样,一只小腿几乎同腰一样粗,一只脚趾几乎同大腿一样粗,这是一种可怕的重病。平时不能屈伸,一两只脚趾抽搐,身体便不能支撑。失去眼下治疗的机会,往后一定会发展为顽症,以后即使有扁鹊再生,也无可奈何了。这就是我所以替陛下担忧的原因。国家不仅仅是有腿肿病,且苦于脚掌反扭。楚元王的儿子刘郢,是文帝的堂弟;如今的楚王刘戊又是文帝堂弟刘郢的儿子。刘襄是文帝亲哥哥齐悼惠王刘肥的儿子。如今的齐王又是刘襄的儿子刘则,也就是文帝哥哥的孙子。文帝的亲子孙有的竟没得到一份该封到的土地使国家得以安定,而那些诸侯王的子孙有的却独擅大权来胁迫天子。所以我才说"国家不仅仅是得了腿肿病,而且又苦于脚掌反扭"。形势严峻,令人痛哭,正是因为国家得了这种病啊。

五美

　　五美,即指文中所说的"明""廉""仁""义""圣"五种美德。本文末段说:"一动而五美附,陛下谁惮而久不为此?"意思是说:"推行一项措施,会得到五种美名,陛下您还担心什么而长久不予实施呢?"所谓"一动",就是指"割地定制"一项措施。作者以此劝谏汉文帝尽早下决心割地定制,"众建诸侯而少其力",实行中央集权。参阅前《藩强》篇提示。

━━━━━━━━━━━━━━━━━━━━━━━━━

　　海内之势,如身之使臂①,臂之使指,莫不从制。 诸侯之君敢自杀不敢反,心知必菹醢耳②;不敢有异心,辐凑并进而归命天子③。 天下无可以徼倖之权④,无起祸召乱之业;虽在细民⑤,且知其安,故天下咸知陛下之明。

　　割地定制,齐为若干国,赵、楚为若干国。制既各有理矣,于是齐悼惠王之子孙⑥,王之分地⑦,尽而止;赵幽王、楚元王之子孙⑧,亦各以次受其祖之分地;燕、吴、淮南他国皆然。 其分地众而子孙少者,建以为国,空而置之,须其子孙生者⑨，举使君之。 诸侯之地其削颇入汉者，为徙其侯国及封其子孙于彼也，所以数偿之⑩。 故一寸之地，一人之众，天子无所利焉⑪，诚以定治而已，故天下咸知陛下之廉。

地制一定，宗室子孙，虑莫不王⑫；制定之后，下无背叛之心，上无诛伐之志⑬，上下欢亲，诸侯顺附，故天下咸知陛下之仁。

地制一定，则帝道还明，而臣心还正；法立而不犯，令行而不逆；贯高、利几之谋不生⑭，栈奇、启章之计不萌⑮；细民乡善⑯，大臣效顺，上使然也，故天下咸知陛下之义。

地制一定，卧赤子天下之上而安⑰，待遗腹⑱，朝委裘⑲，而天下不乱。 社稷长安，宗庙久尊，传之后世不知其所穷，故当时大治，后世诵圣⑳。 一动而五美附，陛下谁惮而久不为此㉑？

---

①使：指使。 ②菹醢（zū hǎi）：古代一种把人杀死再剁成肉酱的酷刑。 ③辐：车轮上的辐条，这里是作状语。凑：聚。归命：归顺。
④下：原作"子"，据诸本改。微倖：同"佞幸"。 ⑤细民：老百姓。
⑥齐悼惠王：汉高祖刘邦之子刘肥。 ⑦"王（wàng）之"二句：俞樾说，二句当作"各以次受祖之分地，地尽而止"。分（fèn）：份儿。

⑧赵幽王：汉高祖刘邦之子刘友。楚元王：刘邦之弟刘交。 ⑨须：
等待。 ⑩"为徙"二句：《汉书·贾谊传》"为徙"句中无"于彼"二
字。数：速。 ⑪利：取利。 ⑫虑：大致。 ⑬诛伐：讨伐。
⑭贾高：赵王张敖的相，曾经阴谋暗杀刘邦，后自杀。利几：原为楚
将，降汉后封为颍川侯，后因谋反被杀。 ⑮栈奇：即"柴奇"，原作
"机奇"，据卢文弨说改。启章：即开章。他们都曾参与淮南王刘长的
叛乱。萌：萌发，发生。 ⑯乡：通"向"。 ⑰卧：让……卧。赤子：
婴儿，指年幼的皇帝。 ⑱待遗腹：等待还没有出生的遗腹子做皇
帝。 ⑲委裘：指已故皇帝的衣冠。委：放置。裘：衣裳。 ⑳诵：
通"颂"，称颂。 ㉑谁惮：害怕什么。谁：什么。惮：害怕。又，此句
末原有"五美"二字，据《汉书》删。

翻译

　　国家的形势，就像身子指使膀臂，膀臂指使手指一样，没有不
服从命令的。诸侯国的君王敢自杀而不敢反叛，因为他们心里清
楚，反叛就一定要被剁成肉酱。所以不敢有二心，都像车轮的幅
条凑向车毂一样一齐归顺天子。国家没有靠侥幸获得权力的现
象，没有可以引起灾祸动乱的事情。即使普通百姓也都知道安分
定命，所以全国人都知道陛下明达。

　　割地定制，把齐分成若干国，把赵、楚分成若干国。地制既已
分明，于是齐悼惠王的子孙就分封到其祖先的一份土地，土地分
尽而后止；赵幽王、楚元王的子孙，也各自依次得到其祖先的一份
土地，燕、吴、淮南各国也都如此。那些可继承的土地多但子孙少

的,就预先建国,暂时不予分封,而等到他们子孙出生以后再让他们到那里当君王。诸侯王因为犯罪,他们的封地被朝廷大量削减没收以后,就把侯国改迁到别处去,并在那里分封他们的子孙,以迅速给予补偿。所以,一寸土地,一个民众,天子从中概无所得,只是为了达到安定大治罢了,因而全国人都知道陛下清廉。

地制一定,皇家子孙大致没有不能称王的。定制以后,处下位的没有背叛天子的想法,天子也没有讨伐臣民的想法,上下欢亲,诸侯归顺,因而全国人都知道陛下仁厚。

地制一定,为帝之道就会恢复清明,为臣之心就会变得无邪。法制确立了就没有人违犯,政令畅行无阻,类似贯高、利几这些人的阴谋就不会产生,栈奇、启章这些人的诡计就不会萌发,百姓向善,大臣尽忠,这是陛下制定的政策才使他们这样的,因而全国人都知道陛下深明大义。

地制一定,即使立一个出生不久的皇帝,国家也能安定;哪怕是等待还没有出生的遗腹子做皇帝,让臣子暂时朝拜先帝的衣冠,国家也不会出现动乱。国家长安,王位久享,江山传之后世,代代永保。因而当时实现了国家大治,后人又永远颂扬陛下的圣明。实行一项割地定制的措施却能得到五个方面的美名,陛下您还担心什么而长久不实行呢?

制不定

本篇借黄帝与炎帝涿鹿之战及汉高祖、汉文帝时诸侯王叛乱迭起的历史，说明地制不定对中央政权的害处；又用屠牛坦解牛的故事，说明权势法制是君王的斤斧，劝谏文帝首先必须定权势地制，削减诸侯力量，然后才能谈得上广布仁义厚德，保证中央政权稳定。参阅前《藩强》篇提示。

———————————————————————

炎帝者①，黄帝同父母弟也②，各有天下之半，黄帝行道而炎帝不听，故战涿鹿之野③，血流漂杵④。夫地制不得，自黄帝而以困⑤。

以高皇帝之明圣威武也⑥，既抚天下⑦，即天子之位，而大臣为逆者乃几十发⑧。以帝之势，身劳于兵间，纷然几无天下者数矣⑨。淮阴侯、韩王信、陈豨、彭越、黥布及卢绾⑩，皆功臣也，所尝爱信也⑪；所爱化而为仇，所信反而为寇，可不怪也？地里蚤定⑫，岂有此变！

陛下即位以来，济北一反⑬，淮南为逆⑭，今吴又见告⑮，皆其薄者也⑯。莫大诸侯澹然而未有故者⑰，天下非有固安之术也，特赖其尚幼，伦猥之数也⑱。且异姓负强而动者，汉已幸而胜之矣，又不易其所以然。同姓袭是迹而处⑲，骨肉相动，又既有征矣⑳，其势尽又复然。殃祸之变，未知所移，长此安穷！明帝尚不能以安，后世奈何？

屠牛坦一朝解十二牛而芒刃不顿者㉑，所排击、所剥割皆众理也㉒。然至髋髀之所㉓，非斤则斧矣㉔。仁义恩厚，此人主之芒刃也；权势法制，此人主之斤斧也。势已定，权已足矣，乃以仁义恩厚因而泽之㉕，故德布而天下有慕志㉖。今诸侯王皆众髋髀也，释斤斧之制而欲婴以芒刃㉗，臣以为刃不折则缺耳。胡不用之淮南、济北？势不可也。

---

①炎帝:传说中的古代帝王,姜姓。相传少典娶于有蟜氏而生。原居姜水流域,后向东发展到中原地区,曾与黄帝战于阪泉(今河北涿鹿县东西),被打败。 ②"黄帝"句:"母弟"何本作"异母兄弟"。黄帝:传说中古代帝王,也是少典之子。姓公孙,居轩辕之丘,号轩辕氏;又居姬水,改姓姬;建国于有熊,故也称有熊氏。史传在阪泉打败炎帝,又与蚩尤战于涿鹿之野,杀死蚩尤。 ③涿鹿:在今河北涿鹿县东南,似与"阪泉"所指差不多。 ④杵(chǔ):捣物的木槌。 ⑤以:通

"已"。　⑥高皇帝：即汉高祖刘邦。　⑦抚：握。　⑧乃：竟。几：将近。　⑨纷然：混乱的样子。　⑩"淮阴"二句：参见前《藩强》篇注。　⑪爱信：宠爱，信任。　⑫地里：封地里数，即"地制"。蚤：通"早"。　⑬济北：指济北王刘兴居，汉文帝哥哥刘肥的儿子。他曾于汉文帝三年(前177年)起兵西袭荥阳。　⑭淮南：指淮南王刘长，汉文帝的弟弟。他曾于文帝六年(前174年)勾结匈奴谋反，失败后自杀。　⑮吴又见告：指汉高祖刘邦的侄子吴王刘濞对抗汉法被人告发一事。　⑯薄：指力量弱小。　⑰澹然：平静的样子。故：变故，指变乱。　⑱伦：原作"偷"，据孙诒让说改。伦猥：伦侯和猥诸侯。"伦侯"是爵位名，位次于列侯，只有封号，没有食邑。"猥诸侯"指朝侯、侍祠侯等以下各种封侯，地位更低。　⑲袭：因袭。　⑳征：征兆。　㉑屠牛坦：相传是春秋时期善于宰牛的人。"坦"是他的名字。芒：刀尖。刃：刀口。顿：同"钝"。　㉒众：原作"象"，据《汉书》等本改。排击：剔除，击刺。理：指肌肉纹理。　㉓髋髀(kuān bì)：泛指大骨头。髋：骨盆。髀：大腿骨。　㉔斤：斧类工具。㉕泽：施恩。　㉖慕志：思慕向往之意。　㉗婴：加。

翻译

炎帝是黄帝的同父母兄弟，二人各占有一半天下。黄帝奉行为帝之道而炎帝不从，因而在涿鹿一带互相厮杀，鲜血流淌，把棒槌都漂浮起来了。可见地制不当，从黄帝开始就已经因此而受困了。

高祖皇帝凭着他的明圣威武，安定天下之后，做了天子，但竟然还有将近十起大臣反叛的事发生。凭着帝王的权势，却要亲自在战火中辛勤奔波,纷乱中多次差点儿丧失天下。淮阴侯、韩王信、陈豨、彭越、黥布及卢绾,都是当年的功臣,都是高祖曾经宠爱信任的人;而今,当年宠爱的人竟变成了仇敌,当年信任的人反而做了乱贼,不是很奇怪吗? 如果地制早定,怎么会有这些变乱发生呢!

陛下登基以来,济北王刘兴居反叛,淮南王刘长反叛,如今吴王刘濞对抗汉法的罪行又被告发,这些都是力量弱小的诸侯。大的诸侯国如今所以平静无反乱,并不是因为国家有什么保证安定的措施,只是亏得这些诸侯王还年幼,又都是些地位低的封侯。而且异姓诸侯王依仗力量强大而反叛的,汉倒是侥幸战胜了他们,但又不去改变造成这种局面的根本制度。同姓诸侯因循异姓诸侯的做法,内部骨肉相残,又已经有了征兆,其结果必然又将像异姓王那样反叛迭起。祸殃变乱,不知将会在哪里发生,长此以往,何时才有尽头? 在这种情况下,圣明的帝王尚且不能保持国家安定,后世又将如何呢?

屠牛坦一天屠宰了十二头牛而刀刃不会变钝,就因为他下刀敲击削割的都是肌肉的纹理,但是一旦碰到大骨头,他就要用斧斤一类的工具了。仁义恩厚,这是帝王的刃锋;权势法制,这是帝王的斧斤。势力已定,权力已足,这时再施行仁义恩德,因而能够做到恩德广布而天下思慕向往。如今这些诸侯王都是“大骨头”,放弃斧斤不用却要用刃锋去宰割他们,我认为这样做的结果不是刀断就是刃缺。为什么不能对淮南王、济北王施行仁义恩泽呢? 就因为形势不允许。

审微

作为一个封建社会的政治家、思想家,贾谊在考察了汉初政治现实的基础上,深刻地认识到健全和完善封建制度对加强和巩固封建王朝统治的重要性,因此,他对"四维不张""上无制度"的时俗痛心疾首,大声疾呼,要求建立等级森严的封建制度,使主主臣臣,上下有别,父子六亲各得其宜,人人守上下之分,擅退则让,上僭者诛;强调德治教化,移风易俗,使天下移心向道。本文通过卫侯朝周等历史故事劝谏封建统治者要防微杜渐,不允许任何越分僭拟的现象存在。

"善不可谓小而无益,不善不可谓小而无伤",非以小善为一足以利天下,小不善为一足以乱国家也。 当夫轻始而傲微①,则其流必至于大乱也,是故子民者谨焉②。

彼人也,登高则望,临深则窥,人之性非窥且望也,势使然也。 夫事有起奸③,势有召祸。 老聃曰④:"为之于未有,治之于未乱。"管仲曰⑤:"备患于未形⑥",上也。 语曰:'焰焰弗灭,炎炎奈何；萌芽不伐，且折斧柯⑦。'智禁于微，次也。"事之适乱⑧，如地形之惑人也：机渐而往⑨，俄而东西易面⑩，人不自知也。故墨子见衢路而哭之⑪，悲一跬而缪千里也⑫。

昔者卫侯朝于周⑬，周行人问其名⑭。曰："卫侯辟疆⑮。"周行人还之曰⑯："启疆、辟疆，天子之号也，诸侯弗得用⑰。"卫侯更其名曰"毁"，然后受之。故善守上下之分者，虽空名弗使逾焉。

古者周礼：天子葬用隧⑱，诸侯县下⑲。周襄王出逃伯斗⑳，晋文公率师诛贼㉑，定周国之乱，复襄王之位。于是襄王赏以南阳之地㉒。文公辞南阳，请即死得以隧下㉓。襄王弗听，曰："周国虽微㉔，未之或代也。天子用隧，伯父用隧㉕，是二天子也。以地为少，余请益之。"文公乃退。

礼：天子之乐宫县㉖，诸侯之乐轩县，大夫直县，士有琴瑟。叔孙于奚者㉗，卫之大夫也；曲县者㉘，卫君之乐体也；繁缨者㉙，君之驾饰也。齐人攻卫，叔孙于奚率师逆之，大败齐师。卫于是赏以温㉚。叔孙于奚辞温而请曲县，繁缨以朝，卫君许之。孔子闻之，曰："惜乎！不如多与之邑。——夫乐者，所以载国；国者，所以载君。彼乐亡而礼从之，礼亡而政从之，政亡而国从之，国亡而君从之。——惜乎！不如多与之邑。"

宓子治亶父^㉛，于是齐人攻鲁^㉜，道亶父^㉝。始，父老请曰："麦已熟矣，今迫齐寇，民人出，自艾傅郭者归^㉞，可以益食，且不资寇^㉟。"三请，宓子弗听。俄而^㊱，麦毕资乎齐寇。季孙闻之^㊲，怒，使人让宓子^㊳，曰："岂不可哀哉！民乎，寒耕热耘，曾弗得食也^㊴。弗知犹可，闻或以告，而夫子弗听。"宓子蹴然曰^㊵："今年无麦，明年可树^㊶；令不耕者得获，是乐有寇也。且一岁之麦，于鲁不加强^㊷，丧之不加弱。令民有自取之心，其创必数年不息^㊸。"季孙闻之，惭曰："使穴可入，吾岂忍见宓子哉！"

故明者之感奸由也蚤^㊹，其除乱媒也远^㊺，故邪不前达。

---

①轻始而傲微：轻视事情的开始和萌芽状态。轻、傲义同，都是小看的意思。　②子民者：指统治者。谨：谨慎，慎重。　③起：原作"遂"，据陶鸿庆说改。起奸：引起邪恶。　④老聃（dān）：即老子，相传做过周朝管理藏书的史官，道家创始人，著有《老子》。引文见《老

子》六十四章。　⑤管仲：名夷吾，字仲，春秋时齐国人，曾任齐相。现存《管子》一书，系汉人编定的管仲学派的一部著作。　⑥未形：未表现出来。形：显现。　⑦"焰焰"四句：以灭火和除蘖作比，说明如果不及早铲除祸害的萌芽，势必要造成严重后果。焰焰：火初燃烧时的样子。且：将。柯：斧柄。　⑧适：往，这里有导致的意思。⑨机渐：逐渐。　⑩易：改变。　⑪衢路：四通八达的路，多分岔的路。　⑫跬(kuǐ)：即现在说的一步，古时为半步。　⑬卫侯：指卫文公。　⑭"周行"句："周行"下原无"人"字，据《韩非子·外储说右下》及《史记·卫康叔世家》《汉书·文帝记》注引《贾谊书》语补。下同。行人：官名，负责国家对外事务，即所谓"朝觐聘问之事"。⑮辟疆："疆"原作"彊"，今据潭本改。下同。　⑯还之：令其还。一说，还其名刺。　⑰"启疆"三句：是说只有周天子才有开辟疆土的权力，可以用"启疆""辟疆"的名号，诸侯没有这种权力，因此也不能起这样的名字。　⑱隧：穿凿地道为墓道。　⑲县(xuán)下：用绳子把棺木直接从地面送入墓穴的葬制。县：通"悬"。　⑳周襄王：惠王之子，名郑，谥襄。伯斗：未详。按：周襄王出逃事见《史记·周本纪》："惠王崩，子襄王郑立。襄王母蚤死，后母曰惠后。惠后生叔带，有宠于惠王，襄王畏之。三年，叔带与戎、翟谋伐襄王，襄王欲诛叔带，叔带奔齐。"又载："初，惠后欲立王子带，故以党开翟人，翟人遂入周。襄王出奔郑，郑居王于汜。子带立为王，取襄王所绌翟后与居温。十七年，襄王告急于晋，晋文公纳王而诛叔带。襄王乃赐晋文公珪鬯彤弓矢，为伯，以河内地与晋。"或以为古事相传之异，或疑"伯斗"即叔带。章太炎以为"伯斗"即"霸主"（"斗""主"古音相近），属下句读。㉑晋文公：献公之子，名重耳，春秋时有名的霸主。　㉒南阳：今河南获嘉西部一带。　㉓请：原无"请"字，据陶鸿庆说补。　㉔微：衰微。　㉕伯父：天子对同姓大国的称呼。　㉖宫县(xuán)：古时钟磬等乐器挂在架子上的形式也要根据主人的身份而有所不同。四面挂，像宫室，叫做"宫县"，用于天子；去其南面，只挂三面，叫做"轩县"，用于诸侯；只挂左右两面的叫"判县"，用于大夫；只挂一面叫做"特县"，亦即"直县"（"特""直"古通），用于士。按，据本文，则大夫用"特县"，与上说异，可能是所据不同。　㉗"叔孙"句：据《左传·成公二年》，"叔孙于奚"当作"仲叔于奚"。　㉘曲县：即"轩县"。　㉙繁(pán)缨：规定诸侯所用的马腹带。　㉚温：今河南温县一带。　㉛宓(fú)子：即宓不齐，字子贱，春秋时鲁国人，孔子弟子，曾为单父宰。亶父(fǔ)：即单父，当时为鲁邑，治所在今山东单县。　㉜于是：当时。　㉝道：取道，经过。　㉞艾(yì)：通"刈"，收割。傅郭：同"负郭"，近郊之地。　㉟资：资助。　㊱俄而：不久。　㊲季孙：指春秋时鲁国贵族季孙氏，从季文子至季康子等相继在鲁国执政，这里不知具体指何人。　㊳让：责怪。　㊴曾：竟，却。　㊵蹴(cù)然：惶恐的样子。　㊶树：种植。　㊷加：更，更加。　㊸创：创伤。　㊹感：感受，觉察。奸：与下文"邪"义同，都是指邪恶之事。蚤：通"早"。　㊺媒：原作"谋"。按，"奸由"与"乱媒"为对文，"由""媒"义相近，又据全书语辞用例，"谋"字当为"媒"字之借。

翻译

　　"不能说善因为它小就没有益处，也不能说不善因为它小就没有害处。"但这样说并不是认为做一点善事就足以给国家带来好处,做一点坏事就能使国家大乱;而是说,人们一旦轻视了事情的开始和萌芽,那后果一定会导致大乱,所以统治者对此总是小心谨慎。

人在登高的时候就要远望,面临深处就要窥探。人的本性并不是要窥探或远望,而是地势决定他们这样的。有些事情会引起邪恶,一定的形势会召致祸殃。老聃说:"在事情没有发生前有所作为,在没有发生动乱前加以治理。"管仲说:"防患于未然,这是最好的。俗话说:'大火刚刚烧起来的时候不加以扑灭,等到烈火熊熊的时候就没有办法了;蘖芽不铲除,等到长大后再砍伐就会折断斧柄。'能够用智谋把祸患消灭在刚形成的时候,这是次一等的做法。"事态导致混乱,就像地形迷惑人一样,慢慢地前往,忽然会东西转向,自己还不知道,所以墨子见到岔道就哭,就是因为悲伤错走一步就会导致错走千里。

从前卫文公朝拜周天子,周行人问他的名字,回答说叫"卫侯辟疆"。周行人叫他回去,说:"'启疆''辟疆'是天子用的名号,诸侯不能用。"卫文公把自己的名字改成"毁",这样才接受他的朝拜。所以,善于恪守上下名分等级的人,即使是虚名也不允许超越规定。

根据古代周礼,天子葬制是挖地道通入墓穴,诸侯葬制是用绳子把棺木送入墓穴。周襄王为惠后立叔带事出逃,晋文公率兵讨伐贼寇,平定了周国的叛乱,恢复了周襄王的王位。于是周襄王赏赐晋文公南阳之地,晋文公推辞接受,而要求死后能按天子的葬制挖地道通入墓穴。周襄王不同意,说:"周朝虽然衰落,但还没有谁能代替它。天子用挖地道的葬制,诸侯也用挖地道的葬制,这就等于有两个天子了。如果认为地少,我可以增加。"晋文公这才退下。

根据礼制:天子的乐制是宫县,诸侯的乐制是轩县,大夫是直县,士用琴瑟。叔孙于奚是卫国的一个大夫,曲县是卫国国君的乐体,繁缨是君王的马饰。齐国人攻打卫国,叔孙于奚率兵迎敌,把齐军打得大败。卫国便把温地赏赐给叔孙于奚。叔孙于奚不愿接受赏赐的温地,而请求用曲县的乐制,并允许在朝拜时用繁缨作为马饰。卫君同意了叔孙于奚的这个要求。孔子听到了这件事,说:"可惜啊,倒不如多赏给他一些城邑。——那音乐是国家生存的依靠,国家是君王依赖的根本。乐制破坏了,礼也就接着灭亡了;礼一灭亡,政令也就接着灭亡了;政令一灭亡,国家也就接着灭亡了;国家一灭亡,君王也就接着灭亡了。——可惜啊,真不如多赏给叔孙于奚一些城邑!"

当年宓子治理亶父的时候,齐国攻打鲁国,要取道亶父。起初,父老们请求说:"麦子已经熟了,如今齐寇迫近,人民自行出去把近郊的麦子收割回来,可以增加口粮,并且又不会留给齐寇。"多次请求,宓子不听从。不久,麦子全部被齐寇收去了。季孙氏听到了这个消息,很是愤怒,派人责备宓子说:"不是很哀痛的事吗! 人民冬耕夏耘,如今庄稼熟了,竟然得不到吃食! 如果事前不知道还罢了,听说人们已经把这些情况都告诉您了,而您却不肯同意。"宓子惶恐地说:"今年没有麦子,明年还可以再种;假如让不曾耕耘的人得到收获,这就是让人民喜欢有外患,以便利用外患不劳而获。而且，对鲁国来说，收了这一季麦子，并不使它更强，不收也不会使它更弱。而让人民有了不劳而获的心理，那创伤一定会影响许多年。"季孙氏听到宓子的这番话，惭愧地说："假如有地洞可以钻进去，我怎么好意思再见宓子的面！"

所以，明察的人能很早就觉察到产生坏事的根由，能早早地铲除动乱的根源，所以坏事不会在采取防范措施之前产生。

阶级

本篇是贾谊关于健全和完善封建制度方面的重要文章。贾谊主张建立等级严格而分明的封建制度和伦理关系：天子居最高地位，群臣居中，庶民百姓最下；主张尊尊贵贵，用礼义廉耻来激励群臣，强调建立和谐的君臣关系，就是君王礼遇群臣、群臣以死效忠。贾谊这种以等级制度和礼教感化相辅相成以治国的意见，当时对维护和巩固西汉政权、进一步确立和完善封建制度是有积极意义的。

人主之尊，辟无异堂①。陛九级者，堂高大几六尺矣。若堂无陛级者，堂高殆不过尺矣②。天子如堂，群臣如陛，众庶如地，此其辟也。故陛之上③，廉远地则堂高④，近地则堂卑。高者难攀，卑者易陵⑤，理势然也。故古者圣王制为列等，内有公卿、大夫、士，外有公、侯、伯、子、男，然后官师、小吏⑥，施及庶人⑦，等级分明，而天子加焉⑧，故其尊不可及也。

鄙谚曰⑨："欲投鼠而忌其器⑩。"此善喻也。

鼠近于器尚惮而弗投，恐伤器也，况乎贵大臣之近于主上乎！廉丑礼节^⑪，以治君子，故有赐死而无戮辱^⑫。是以系缚、榜笞、髡、刖、黥、劓之罪^⑬，不及士大夫^⑭，以其离主上不远也。礼：不敢齿君之路马^⑮，蹴其刍者有罪^⑯，见君之几杖则起^⑰，遭君之乘舆则下^⑱，入正门则趋^⑲；君之宠臣虽或有过，刑戮不加其身，尊君之势也。此则所以为主上豫远不敬也^⑳，所以体貌群臣而厉其节也^㉑。今自王侯、三公之贵^㉒，皆天子之所改容而礼也^㉓；古天子之所谓伯父、伯舅也^㉔，今与众庶、徒隶同黥、劓、髡、刖、笞、傌、弃市之法^㉕，然则堂下不亡陛乎？被戮辱者不太迫乎？廉耻不行也，大臣无乃握重权^㉖，大官而有徒隶无耻之心乎？夫望夷之事，二世见当以重法者^㉗，投鼠而不忌器之习也。

臣闻之曰："履虽鲜弗以加枕，冠虽弊弗以苴履^㉘。"夫尝以在贵宠之位，天子改容而尝体貌之矣，吏民尝俯伏以敬畏之矣。今而有过，令废之可也，退之可也，赐之死可也；若夫束缚之，系绁之^㉙，输之司空^㉚，编之徒官、司寇^㉛，牢正、徒长、小吏骂詈而榜笞之^㉜，殆非所以令众庶见也。

夫卑贱者习知尊贵者之事，一旦吾亦乃可以加也㉝，非所以习天下也㉞，非尊尊贵贵之化也㉟。夫天子之所尝宠㊱，众庶之所尝敬，死而死尔，贱人安宜得如此而顿辱之哉㊲！

豫让事中行之君㊳，智伯伐中行㊴，灭之。豫让移事智伯㊵。及赵灭智伯㊶，豫让衅面变容㊷，吸炭变声，必报襄子㊸。五起而弗中，襄子一夕而五易卧㊹。人问豫让，让曰："中行众人畜我㊺，我故众人事之；智伯国士遇我，故为之国士用。"故此一豫让也，反君事雠㊻，行若狗彘㊼；已而折节致忠，行出乎烈士㊽，人主使然也。故人主遇其大臣如遇犬马，彼将犬马自为也；如遇官徒㊾，彼将官徒自为也。顽顿无耻㊿，奊苟无节(51)，廉耻不立，则且不自好(52)，则苟若而可(53)，见利则趋(54)，见便则夺；主上有败，因而揽之矣；主上有患，则吾苟免而已，立而观之耳；有便吾身者，则欺卖而利之耳。人主将何便于此？群下至众而主上至少也(55)，所托财器职业者率于群下也(56)。俱无耻(57)，俱苟安，则主上最病(58)。

故古者礼不及庶人，刑不至君子(59)，所以厉宠臣之节也。古者大臣有坐不廉而废者(60)，不谓不廉，曰"簠簋不饰"㉛；坐污秽男女无别者，不谓污秽，曰"帷薄不修"㉜；坐罢软不胜任者㉝，不谓罢软，曰"下官不职"㉞。故贵大臣定有其罪矣，犹未斥然正以呼之也㉟，尚迁就而为之讳也㊱。故其在大谴大诃之域者㊲，闻谴诃则白冠氂缨，盘水加剑，造清室而请其罪尔㊳，上弗使执缚系引而行也。其中罪者，闻命而自弛㊴，上不使人颈戾而加也㊵。其有大罪者，闻命则北面再拜，跪而自裁，上不使人捽抑而刑也㊶，曰："子大夫自有过耳，吾遇子有礼矣。"遇之有礼，故群臣自喜㊷；厉以廉耻，故人矜节行㊸。上设廉耻礼义以遇其臣，而群臣不以节行而报其上者，即非人类也。

故化成俗定，则为人臣者主尔忘身㊹，国尔忘家，公尔忘私；利不苟就㊺，害不苟去，唯义所在，主上之化也。故父兄之臣㊻，诚死宗庙；法度之臣，诚死社稷；辅翼之臣，诚死君上；守卫捍敌之臣，诚死城廓封境㊼。故曰"圣人有金城"者㊽，比物此志也㊾。彼且为我死，故吾得与之俱生；彼且为我亡，故吾得与之俱存；夫将为我危㊿，故吾得与之皆安。顾行而忘利[51]，守节而服义，故可以托不御之权[52]，可以托五尺之孤[53]，此厉廉耻、行礼义之所致也，主上何丧焉㉘！此之不为，而顾彼之行，故曰可为长大息者也。

---

①辟：通"譬"。堂：殿堂。又，"堂"下原有"陛"字，据刘师培说删与《汉书》同。　②殆：仅，只。　③陛：原作"堂"，据别本改与《汉书》同。　④廉：堂的边侧。　⑤陵：凌驾。　⑥官师：泛指百官。　⑦施（yì）及：延及，直到。　⑧加：超越。　⑨鄙谚：民间熟语。　⑩"欲投鼠"句：比喻要除害但又有所顾忌。投：掷。　⑪廉丑：廉洁知耻。丑：耻辱。　⑫戮辱：受刑罚之辱。　⑬榜笞（chī）：用木杖、竹杖或荆条鞭打犯人的刑罚。髡（kūn）：剃去头发。刖（yuè）：砍脚。黥（qíng）：即墨刑，用刀刺刻犯人的面额，再涂上墨。劓（yì）：割去鼻子。　⑭"不及"句：刘师培疑"士"字为衍文。　⑮齿：年齿，这里是计算年齿的意思。路：通"辂"，大车，特指天子之车。　⑯蹴（cù）：踢，践踏。刍：喂牲口的草。　⑰几：古人用以倚靠身体的几案。杖：手杖。　⑱遭：遇。乘（shèng）舆：天子的车驾。　⑲趋：小步快走。　⑳豫远不敬：指预先远离引起对上不敬的机会。㉑体貌：以礼相待。厉其节：激励他们保持节操。厉：通"励"，激励。　㉒三公：秦汉时称丞相、太尉、御史大夫为"三公"。或改称为大司马、大司徒、大司空。改容：改变容颜，作敬重的样子。　㉓"皆天"句："所"字原无，据《汉书》等补。　㉔伯父、伯舅：天子称同姓大国或同姓长辈为"伯父"，称异姓大国或异姓长辈为"伯舅"。　㉕徒隶：服役的犯人。弃市：将犯人处死后，把尸体暴露街头。　㉖无乃：表揣度的副词，"恐怕"的意思。　㉗"夫望"二句：说的是秦二世在望夷

宫中被迫自杀的事。望夷：秦望夷宫。见：被。当：断罪。 ㉘“履虽鲜”二句：比喻贵贱不能颠倒。鲜：新。弊：破。苴（jū）：本指鞋垫，这里是垫的意思。 ㉙系绁（xiè）：用绳子捆住牵着。绁：本指缰绳，这里是捆绑牵着的意思。 ㉚输：遣送。司空：官名，主管囚徒。 ㉛徒官：徒卒。司寇：汉二岁刑名，这里指判处司寇刑罚的犯人。 ㉜牢正：监狱之长。徒长：徒卒之长。詈（lì）：骂。 ㉝一旦：指尊贵者一旦有罪。加：指施加各种刑罚。 ㉞习：习染，教习。 ㉟化：教化，风气。 ㊱“夫天”句：“宠”字原与下句“敬”字互错。按，大臣为天子所“宠”，为众庶所“敬”，不当错用。本篇谓“君之宠臣”、“吏民尝俯伏以敬畏之”即是明证。 ㊲“贱人”句：“如”字原无，据潭本等补与《汉书》同。顿辱：挫伤而凌辱。 ㊳豫让：春秋末晋国人。事：侍奉，服事。中行（háng）：复姓，晋国的一个大夫家族。 ㊴智伯：晋大夫。 ㊵移事：改事，转而服事。 ㊶赵：晋国的大夫家族，这里指赵襄子。 ㊷衅面变容：指在脸上涂漆，改变容貌。衅，通“衅”。古代器物新成，要杀牲而祭，取血涂在器物缝隙上，叫做“衅”。这里是涂抹的意思。 ㊸报：报复，指报赵灭智伯之仇。 ㊹易卧：改变住处。 ㊺众人：像对待普通人一样地。畜：畜养。 ㊻反：背叛。 ㊼彘：猪。 ㊽烈士：勤于功业、视死如归的人。 ㊾官徒：属吏。 ㊿顽顿：没有气节。 (51)奊（xié）苟无节：没有志气，不知耻辱。 (52)自好：自爱，自重。 (53)苟若：苟且，马虎。 (54)趋：奔赴，奔向。 (55)主上：原无“上”字，据《汉书》等补。下“主上”同。 (56)率：都。 (57)俱：原作“但”，据潭本等改与《汉书》同。下“俱”字同。 (58)病：担忧。 (59)君子：指统治者。 (60)坐：因，因为。 (61)“不谓”句：“谓”下原有“曰”字，据《汉书》删。簠簋（fǔ guǐ）不饰：“不廉洁”的委婉说法。

簠、簋都是古代放祭品的器具,方形的叫簠,圆形的叫簋。饰:通"饬",整治。 ㊂帷薄不修:"淫乱"的委婉说法。帷薄:帷幕和门帘。修:整治。 ㊃罢软:软弱无能。罢:通"疲"。 ㊄不职:不能守职,不称职。 ㊅斥然:斥责的样子。正以呼之:意思是说直接点出罪名。㊆讳:隐瞒,避忌。 ㊇诃:同"呵",斥责。域:指范围。 ㊈"闻谴"三句:写古人请罪的方法,说明君王明察,自己甘心受罚。缨:帽带。造:到……去。清室:一种监狱。 ㊉自弛:自缚。 ⑦颈戾(lì):扭着头颈。戾:违背,这里是扭着的意思。加:指加以其他押解措施。⑦捽抑:指揪住头发,按住脑袋。刑:施刑。 ⑦自喜:自爱,自重。⑦矜:崇尚。原作"务",据刘师培说改与《汉书》等同。 ⑦尔:用同"而",原作"丑",据卢文弨说改从诸本。下二"尔"字同。忘:原作"亡",据周本改。 ⑦苟:马虎。就:靠近。这里是沾边、捞取的意思。 ⑦父兄之臣:指同姓大臣。 ⑦封境:边疆。 ⑦金城:坚固的城墙。 ⑦物:类。志:意。 ㊇夫将:义同"彼且"。 ㊇顾行:顾全德行。 ㊇不御之权:不需要自己加以控制的大权。 ㊇五尺之孤:指幼小的孤主,小皇帝。 ㊇丧:丧失,损失。

翻译

人主的尊贵就好比高堂一样。堂下台阶九级,堂高便约有六尺了。如果堂下没有台阶,堂高大概不超过一尺。天子的地位就像高堂,众臣就像堂下台阶,百姓就像台阶下的平地,这便是贵贱等级的一个比方。所以,台阶上堂边的廉,它距离地面远,堂就高大;距离地面近,堂就低矮。高大的就难于攀登;低矮的就容易凌驾,道理自然是这样的。所以古代的圣王定出各种等级,内有公卿、大夫、士，外有公、侯、伯、子、男，然后就是官师、小吏，直到庶民百姓，等级分明，而天子高高在上，因而没有人能赶得上他尊贵。

民间俗语说："想要拿东西打老鼠，又担心把老鼠旁边的器具砸坏。"这是个好比喻。老鼠靠近器具尚且不敢打，那是害怕把老鼠身旁的器具砸坏，何况有权势的重臣是靠近君王呢？用廉洁知耻、有礼有节来管教君子，因而对君子只有赐死而没有施加刑罚的。所以捆绑、鞭打、剃发、砍脚、墨刑、割鼻等刑罚，不能施加到士大夫身上，因为他们靠近君王身边。礼制规定：不敢计算驾天子大车的马的年齿，践踏马草者有罪，看见君王的几案、手杖要站起来，遇到君王的车马要下车，进入正门要小步快走，君王的宠臣即使有罪过，也不对他们施加刑罚，这些都是因为尊重君王的威势。这就是之所以要预先远离引起对君王不敬的机会的原因，这就是为了对大臣以礼相待、从而激励他们保持节操。现在自王侯、三公等显贵都是天子恭恭敬敬、以礼相待的人物，是古天子所谓的"伯父""伯舅"，如今却同普通民众以及一般犯人一样，同样处以墨刑、割鼻、剃发、砍脚、鞭打、辱骂、弃市的刑罚，这样，堂下不就没有台阶了吗？被处以刑罚侮辱的人不是太迫近君王了吗？不用廉洁知耻来激励大臣，恐怕他们虽然掌握大权却有犯人一般的无耻之心了吧！望夷宫中秦二世所以被迫自杀，就是由于平时养成了"投鼠而不忌器"的习惯造成的。

我听说过："鞋即使是崭新的，也不能放在枕头上；帽子即使破了，也不能用来垫鞋底。"那些曾经处在高贵得宠地位的人，天子曾经对他们恭恭敬敬、以礼相待，小吏和民众曾经对他们俯首帖耳、十分敬畏；如今有了罪过，可以废黜他们的爵位，可以免除职务，可以赐死。至于把他们捆绑起来，用绳子牵着，把他们押送到主管囚徒的司空那里，编到犯人队伍里，让牢正、徒长、小吏辱骂、抽打他们，这恐怕不是能让普通百姓看见的事情。那些地位低贱的人清楚地了解到尊贵者的这些情况后，就会想到一旦尊贵者有了罪过，我们也可以对他们施加刑罚，这不是用以教化天下的办法，不是尊重显贵的好风气。天子曾经宠信的，民众曾经敬畏的，一旦有了罪过，赐死就罢了，低贱之人怎么能如此地对他们伤害凌辱呢！

豫让服事于中行君，智伯讨伐中行氏，消灭了中行氏，豫让转而服事于智伯。等到赵襄子消灭了智伯，豫让把脸涂上漆，改变了容貌，又吞下火炭，使嗓音变声，一定要向赵襄子报仇。他多次起事都没有成功，吓得赵襄子一夜换了好几处睡觉的地方。别人问豫让为什么对中行君和智伯是两种截然不同的态度，豫让说："中行君像对待普通人一样对待我，所以我像对待普通人一样侍奉他；智伯把我当作国士看待，所以我要作为国士为他服务。"所以，同样一个豫让，一会儿背叛自己的主子去侍奉仇人，行为如同猪狗；不久又改变往日行为，一心尽忠，行为超出那些为了功业而视死如归的人，这是君王对他采取了不同态度才使他这样的。所以，君王如果像对待犬马一样对待大臣，大臣就会以犬马自处；如果像对待属吏一样对待大臣，大臣就会以属吏自处。毫无气节，不知廉耻，没有志气，没有廉耻之心，那样就不会自爱，就会马马虎虎，见到好处就往前跑，见到便利就伸手抢；君王有什么不成功的地方，他就会趁机捞一把；君王有什么患难，他只图自己能幸免遭殃，站在一边袖手旁观；对有好处的，他就搞欺骗交易从中获利。君王对此能有什么好处？臣子人数很多而君王只有一个，君王所托付的财物、器具、官职、事务都在群臣手中。群臣都不知羞耻，都苟且偷安，那是君王最忧虑的事。

古代规定，礼不用到黎民百姓身上，刑不加到统治者头上，这是为了激励宠臣的气节。古代大臣犯有不廉洁错误而被罢免的，不说他们不廉洁，而说"簋簋这些放祭品的器具未加整治"；犯有男女淫乱之罪的，不说他们行为肮脏，而说他们"帷幕、门帘未加整治"；对软弱无能不能胜任工作的，不说他们软弱无能，而说"下属官员不能守职"。因而，显贵重臣确实是犯罪了，但还是不直接斥责、点出罪名，还是迁就他们，为他们隐瞒罪名。所以，那些属于应该受到谴责范围的人，听到谴责就戴着白帽，用牦牛的毛做帽带，用盘子盛满水，把剑放在上面，到清室去请罪，君王不派人逮捕、捆绑、拽着他们前去。那些犯有中等罪过的人，听到君王指令就自己把自己绑起来，君王不派人扭着他们的头颈加以押送。那些犯有重大罪行的人，听到君王指令就面向北叩头再拜，跪着自杀，君王也不派人去揪住头发，按住脑袋，施加刑罚，而是说："你是自己有过错啊，我对你可是以礼相待的呀。"以礼相待，因而群臣能够自重，激励自己廉洁知耻，所以人人崇尚气节品行。君王能用廉耻礼义的道德规范礼遇群臣，群臣却不能用高尚的节行报答君王的话，那臣子就算不上人了。

所以说,教化成功了,好的风气形成了,那做臣子的就能做到为了君王而忘记自己,为了国家而忘记个人、家庭,为了大公而忘记一己之私;有好处不随便接近,有害处不随便回避,全根据是否符合道义而决定,这便是君王的教化。所以,同姓大臣,会一心为宗室而死;制定各种法令制度的大臣,会一心为国家而死;辅佐君王的大臣,会一心为君王而死;守防御敌的大臣,会一心为守卫国家城郭疆土而死。所以说,"圣人有金城"这句话,正是比况这个意思说的。他们将为我而死,所以我反能够与他们同生;他们将为我而亡,所以我反能够同他们共存;他们将为我承担危难,所以我反能够同他们一起确保平安。他们能够顾全德行而忘掉私利,坚守气节而服从大义,因而能够把大权全部放手托付给他们,可以把幼小的孤主托付给他们,这是由于激励大臣廉洁知耻、推行礼义的结果,君王有什么损失呢? 这样的事不去做,却只做其他一些事情,所以说,这实在是令人深深叹息的事啊!

瑰玮

"瑰"（guī）、"玮"（wěi），都是奇异的意思。所谓"瑰政"，就是让人民务工商奇巧，穿丝着绸，饰巧用智，但结果倒是使人民贫寒困迫，违法犯上，奸邪日盛；所谓"玮术"，就是让人民劳苦于农桑，生活艰苦，循规蹈矩，但结果倒是使人民丰衣足食，安性劝业，奸邪不起。文章用对比的写法，表明了贾谊的一些基本思想：主张驱民归农，反对商贩游食；主张行节俭之术，反对淫侈之俗；主张严格制度，上下分明，反对君臣相冒，上下无辨。

天下有瑰政于此：予民而民愈贫①，衣民而民愈寒②，使民乐而民愈苦，使民知而民愈不知避县网③，甚可瑰也！今有玮术于此：夺民而民益富也，不衣民而民益暖，苦民而民益乐④，使民愚而民愈不罹县网⑤。陛下无意少听其数乎⑥？

夫雕文刻镂害用之物繁多⑦，纤微苦窳之器日变而起⑧，民弃完坚而务雕镂纤巧以相竞高⑨。作之宜一日，今十日不轻能成；用之宜一岁⑩，今半岁而弊⑪。作之费日，用之易弊；挟巧不耕而多食农人之食⑫，是天下之所以困贫而不足也。故以末予民⑬，民大贫；以本予民⑭，民大富。

黼黻文绣纂组害女工⑮。且夫百人作之，不能衣一人。方且万里不轻能具天下之力⑯，势安得不寒？世以俗侈相耀，人慕其所不如，悚迫于俗，愿其所未至，以相竞高，而上非有制度也。今虽刑余鬻妾下贱⑰，衣服得过诸侯，拟天子⑱，是使天下公得冒主而夫人务侈也⑲。冒主务侈，则天下寒而衣服不足矣。故以文绣衣民而民愈寒；以襦民⑳，民必暖而有布帛之饶矣㉑。

夫奇巧末技、商贩游食之民，形佚乐而心县愆㉒，志苟得而行淫侈㉓，则用不足而蓄积少矣；即遇凶旱，必先困穷迫身，则苦饥甚焉。今驱民而归之农，皆著于本㉔，则天下各食于力。末技游食之民转而缘南亩㉕，则民安性劝业而无县愆之心㉖，无苟得之志，行恭俭蓄积足而人乐其所矣㉗。故曰"苦民而民益乐"也。

世淫侈矣，饰知巧以相诈利者为知士，敢犯法禁、昧大奸者为识理㉘。故邪人务而日起㉙，奸诈繁而不可止，罪人积下众多而无时已㉚。君臣相冒，上下无辨㉛，此生于无制度也。今去淫侈之俗，行节俭之术，使车舆有度，衣服器械各有制数^㉜。制数已定，故君臣绝尤而上下分明矣^㉝。擅退则让^㉞，上僭者诛^㉟，故淫侈不得生，知巧诈谋无为起，奸邪盗贼自为止，则民离罪远矣。知巧诈谋不起，所谓愚。故曰"使民愚而民愈不罹县网"^㊱。

---

①予：给予。　②衣：给……衣服穿。　③知：通"智"。下同。县(xuán)网：指法律。　④苦：使……受苦。　⑤"使民"句："愚"上原有"愈"字，据陶鸿庆说删。罹(lí)：遭遇。　⑥数：方术。　⑦害：原作"周"，据俞樾说改。　⑧苦窳(yǔ)：粗劣，不结实。　⑨竞：争。　⑩"用之"句：原无"之宜"二字，据俞樾说补。　⑪弊：破，坏。　⑫挟巧：依倚技艺。又，二字原在上句"费日"下，今据俞樾说移此。　⑬末：指工商。　⑭本：指农业。　⑮黼黻(fǔ fú)：古代礼服上所绣的花纹。纂组：泛指丝织品。纂：赤色丝带。组：丝带。女工：指女子纺织、刺绣、缝纫等工作。　⑯"方且"句：当有误文。卢文弨说，"万里"字讹。刘师培说，"天下之力"四字当在"不轻能具"之上。意思是说，"今中国方且万里，虽以天下之力从事于织，恐仍未必能具"。　⑰刑余：犯法受过刑罚的人。鬻(yù)妾：娼妇。　⑱拟：比拟，与……齐同。　⑲公：公然。冒主：冒犯主上，指服饰过制。夫人：人人。务侈：致力于奢侈享受。　⑳"以褫(chǐ)"句：意思是不让人民穿文绣之衣。褫：剥去衣服，夺去。　㉑"民必"句："有"下原有

"余"字,据潭本删。 ㉒县愆(xuán qiān):放纵,生邪念。 ㉓苟得:不该得而得。 ㉔著:附着,归附。 ㉕缘南亩:指务农。缘:循。南亩:泛指农田。 ㉖劝业:指努力从事农业生产。劝:勉励,努力。 ㉗足:此字原无,据刘师培说补。 ㉘昧:冒,犯。 ㉙务:致力,从事,指专心诈利冒奸。 ㉚已:止。 ㉛辨:别。 ㉜制数:制度,规定。 ㉝绝尤:绝异,截然不同。 ㉞让:责备。 ㉟僭(jiàn):超越本分。诛:惩罚。 ㊱"故曰"句:"使"下"民"字原无,据周、何本补。

翻译

天下有一种奇异的治国方法:给人民东西,人民却更加贫困;给人民衣服,人民却更加寒冷;让人民快乐,人民却愈加痛苦;让人民聪明,人民却愈加不懂得守法,真是十分奇怪啊!如今还有一种奇异的治国方法:不给人民东西,人民却更加富足;不给人民衣服,人民却更加温暖;让人民受苦,人民却更加快乐;让人民愚笨,人民却更不会触犯法律。皇上是不是愿意稍微听听这种治国方法呢?

如果雕刻花纹装饰而不便使用的器物众多,细小粗劣的器物不断出现,人民就会放弃坚固结实的器物不用,而去追求使用雕刻花纹装饰、细小精巧的器物来互相争高比强。本来可以一天制作的东西,如今十天也不容易完成;本来可以用一年的东西,如今用半年就坏了。制作起来费时间,使用起来容易坏,凭着各种手艺不种地的人多数是吃种地人的饭,这是国家所以贫困不足的原因。所以,让人民通过耍弄小技来谋生,人民就会十分贫困;让人民靠种地谋生,人民就会十分富足。

绫罗绸缎生产起来太费功夫。而且,一百个人生产制作,也不能满足一个人的衣着需要;如今国家这么大,就是集中全国的力量来生产制作,恐怕也不能满足社会需要。这样,人们怎么能不挨冻呢? 社会风俗以奢侈争相夸耀,人人美慕自己赶不上别人的地方,迫于时俗,惶惶不安,都极想追求不能达到的标准来互相争高比强,而国家却没有制度规定。现在,虽然是判过徒刑的人和娼妇贱人,但他们的衣着服饰却超过了诸侯,比同天子,这样就使得全国人都可以公然冒犯主上,人人都刻意追求奢侈享受。冒犯主上,追求奢侈,那全国人民就要挨冻,衣服就会不足了。所以,让人民穿丝着绸,人民却越要挨冻;不让人民穿丝着绸,人民却能暖暖和和,并且有充足的棉布丝缎。

那些从事手工业和商业、到处流动谋生的人,他们生活安乐,心存邪念,不该得到的也想得到,行为奢侈无度,这样就会使财用不足、蓄积很少;如果遇上荒年旱灾,一定就会首先穷困加身,那就会饥饿难挨、十分痛苦了。如果把人民都赶到农业上去,让他们一心务农,全国人民就能做到自食其力。工商业者转而从事农业生产,人民就会性情安定、努力生产,就不会心存邪念,不会非义而取,行为恭敬节俭,蓄积丰富充足,人人安居乐业了。所以说"让人民受苦而人民反倒愈加快乐"。

社会上奢侈无度,利用智巧来骗取好处的人成了智慧之士,敢于违法犯大罪的人被认为是懂得道理。因此,邪恶的人就会竭力钻营,并且不断出现;奸邪欺诈的事频频发生,不能禁止,犯罪的人越积越多,没完没了。臣民冒犯主上,上下没有差别,这些都是因为没有制度而产生的。如今扫除奢侈无度的风气,推行节约俭省的政策,使得车马、衣服、器械都有一定规制。制度确定以后,君臣之间等级森严、上下分明。该办的擅自不办就要受责备,不该办的超越本分去办就要受惩罚。这样,奢侈无度的事就不会出现,玩耍智巧、欺诈行骗的事就不会发生,作奸行恶、偷盗害人的事就会自行消失,人民就不会犯罪了。玩弄智巧、欺诈行骗的事不去做,这就是所谓"愚"。所以说"使人民愚笨而人民反倒不会触犯法律"。

铜布

汉文帝在他执政的第五年曾下令允许私人铸钱,结果,弃农采铜而私自铸钱者蜂拥而起,掺杂铅铁以牟取暴利者越来越多,伪钱不断出现,货币信誉降低,富商大贾、地方豪强几乎掌握了国家的经济命脉,严重影响了西汉王朝政治上的稳定和经济上的发展。贾谊敏锐地认识到这是一项错误的政策,坚决主张"上收铜勿令布下"。这篇文章阐述了"铜布于下"的弊端和"上收铜勿令布下"的好处,观点鲜明,说理深刻,言辞坚决。从中我们可以看到,贾谊不仅深刻认识到国家掌握铸钱大权对影响国家社会经济发展、左右政治形势的重要作用,而且也已深刻认识到货币对整个国民经济的调节作用。贾谊的这些经济思想无疑是深刻而难能可贵的。

铜布于下^①,为天下菑^②。何以言之?铜布于下,则民铸钱者大抵必杂以铅铁焉^③,黥罪日繁^④,此一祸也。铜布于下,伪钱无止,钱用不信,民愈相疑,此二祸也。铜布于下,采铜者弃其田畴^⑤,家铸者损其农事,谷不为则邻于饥^⑥,此三祸也。故不禁

铸钱，则钱常乱，黥罪日积，是陷阱也。 且农事不为，有疑为菑⑦，故民铸钱不可不禁。 上禁铸钱，必以死罪；铸钱者禁，则钱必还重⑧；钱重则盗铸钱者起，则死罪又复积矣，铜使之然也。 故铜布于下，其祸博矣。

今博祸可除，七福可致。 何谓"七福"？ 上收铜勿令布下，则民不铸钱，黥罪不积，一。 铜不布下，则伪钱不繁，民不相疑，二。 铜不布下，不得采铜，不得铸钱，则民反耕田矣⑨，三。 铜不布下，毕归于上，上挟铜积以御轻重⑩：钱轻则以术敛之⑪，钱重则以术散之⑫，则钱必治，货物必平矣，四。 挟铜之积，以铸兵器，以假贵臣⑬，小大多少，各有制度，以别贵贱，以差上下⑭，则等级明矣，五。 挟铜之积，以临万货⑮，以调盈虚⑯，以收奇羡⑰，则官必富而末民困矣，六。 挟铜之积，制吾弃财，以与匈奴逐争其民，则敌必坏矣。 此谓之"七福"。

故善为天下者，因祸而为福，转败而为功。 今顾退七福而行博祸⑱，可为长大息者，此其一也。

①铜布：铜散存于民间。 ②菑：同"灾"。 ③以：原作"石"，据刘师培说改与《汉书》同。 ④黥（qíng）罪：用刀刺刻罪犯面额，再涂上墨，即墨刑。 ⑤田畴：田地。 ⑥不为：不熟。邻：靠近。 ⑦有：通"又"。疑：恐怕。 ⑧重：指钱币的相对币值提高。 ⑨反：通"返"。 ⑩挟：挟持。御：控制。轻重：指钱币相对值的下降和提高。 ⑪敛之：收聚、回笼货币。 ⑫散之：投放货币。 ⑬假：给予。 ⑭差（chā）：区别，分别等次。 ⑮临：治理，控制。 ⑯盈虚：充满和空虚，指多余与不足。 ⑰奇（jī）羡：盈余。又，原作"倍"，据沈本等改。 ⑱顾：反而。

翻译

　　铜分散在民间，成为国家的灾难。为什么这样说呢？铜分散在民间，民间铸钱者大概一定要用铅铁掺杂在里面，这样判处墨刑的人就会日益增多，这是一条害处。铜分散在民间，掺假钱币不能禁止，钱币失去信誉，人民更会产生疑虑，这是第二条害处。铜分布在民间，采铜的人放弃农田，在家铸钱的也耽误农事，庄稼没有收成人民就会挨饿，这是第三条害处。不禁止民间铸钱，钱币总是混乱，判处墨刑的日益增多，这是害人的陷阱；而且放弃农事，又恐怕会成为灾难，所以民间铸钱不得不禁止。国家禁止私铸钱币，私铸者一定要判以死罪；铸钱禁止，钱币相对币值就必然提高；币值提高了，私行铸钱的又会出来，这样判处死罪的又会增多了。这都是铜分布在民间造成的。所以说,铜分布在民间,祸害很大。

现在,大祸可以免除,七福可以得到。什么是"七福"呢?国家把铜收为国有,不让散布民间,那么民间不会私铸钱币,判处墨刑的人也不会多了,这是一。铜不布于民间,则掺假钱币便不会多了,人民不再对钱币产生疑虑,这是二。铜不布于民间,私人不能采铜,不能铸钱,人民就会回归农田,这是三。铜不布于民间,全部归于国家,国家依靠铜的积蓄来控制币值高低:币值下降就设法回笼货币,币值提高就设法投放货币,那么,货币就能得到治理,货物就能保持稳定,这是四。依靠铜的积蓄,用来铸造兵器,把它赐给显贵重臣,小大多少,各有制度,以此来分别贵贱上下,这样就能使群臣等级分明,这是五。依靠铜的积蓄,来统筹百货,调节多寡,回收盈余,这样,官府一定富足而商贾就会穷困,这是六。依靠铜的积蓄,用我们闲弃的资财来与匈奴争夺民众,那敌人一定会垮台。这就叫做"七福"。

所以,善于治理天下的,能够借祸患而造福,转失败为成功。如今却不要七福而行大祸,实在是一桩令人深为叹息的事。

汉文帝时代的农业生产虽然有了一定程度的发展，但是由于连年战乱，社会财富仍然极端贫乏，人民生活困苦，而富商大贾却擅山川铜铁之利，大肆囊括和挥霍社会财富，这必然会危及西汉王朝政权的巩固。但是，当权者对此却没有足够的认识。贾谊对此深为忧虑，他大声疾呼："夫蓄积者，天下之大命也。"劝谏汉文帝驱民归农。贾谊重农抑商的意见，语重心长，切中时弊，引起了文帝的重视。据《汉书·食货志（上）》载："于是上感谊言，始开藉田，躬耕以劝百姓。"又多次下诏，申明重农务本的政策，客观上对发展西汉社会经济起到了推动作用。本文文字与《汉书·食货志（上）》所载《论积贮疏》大同小异。无蓄，就是讲没有积贮的危害。

禹有十年之蓄，故免九年之水；汤有十年之积，故胜七岁之旱。夫蓄积者，天下之大命也①。苟粟多而财有余，何向而不济②？以攻则取，以守则固，以战则胜。怀敌附远③，何招而不至？

管子曰④："仓廪实⑤，知礼节；衣食足，知荣辱。"民非足也而可治之者，自古及今，未之尝闻。 古人曰："一夫不耕，或为之饥；一妇不织，或为之寒。"生之有时而用之无节，则物力必屈⑥。 古之为天下者至悉也⑦，故其蓄积足恃⑧。今背本而以末食者甚众⑨，是天下之大残也⑩。 从生之害者甚盛⑪，是天下之大贼也⑫。 汰流淫佚侈靡之俗日以长⑬，是天下之大祟也⑭。 残贼公行，莫之或止；大命泛败⑮，莫之振救⑯。 生之者甚少而靡之者甚众⑰，天下之势，何以不危？ 汉之为汉，几三十岁矣⑱，公私之积，犹可哀痛也。 故失时不雨，民且狼顾矣⑲；岁恶不入⑳，请卖爵鬻子㉑。 既或闻耳矣，安有为天下阽危若此而上不惊者㉒？

世之有饥荒㉓，天下之常也，禹、汤被之矣㉔。即不幸有方二三千里之旱㉕，国何以相恤㉖？ 卒然边境有急㉗，数十百万之众，国何以馈之矣㉘？ 兵旱相乘㉙，天下大屈，勇力者聚徒而横击㉚，罢夫赢老易子孙而咬其骨㉛。 政法未毕通也㉜，远方之疑者并举而争起矣㉝。 为人上者乃诚而图之㉞，岂将有及乎？ 可以为富安天下，而直为此廪廪也㉟，窃为陛下惜之。

①大命：命脉，根本。　②济：成功。　③敌：原作"柔"，据《汉书》改。怀：怀柔，使……顺服。附：使……归附。　④管子：名夷吾，字仲，春秋初期政治家，曾出任齐国国相。现存《管子》一书，系汉人编定的管仲学派的一部著作。　⑤仓廪：粮仓。　⑥屈：竭尽，穷尽。⑦悉：详密。　⑧恃：依靠。　⑨本：指农业。末：指工商业。⑩残：伤害。　⑪"从生"句：是说放纵影响生产的情况(指允许背本趋末)很严重。从：通"纵"。　⑫贼：祸害。　⑬汰流淫侈靡：骄纵奢侈，挥霍浪费。　⑭祟：本指鬼怪或鬼怪作恶害人，这里是祸害的意思。　⑮大命：指国家政权。泛(fěng)败：倾覆，毁败。泛：通"覂"，倾覆。　⑯振救：拯救。　⑰靡：浪费，耗费。　⑱三十：原作"四十"，今考此文当作于汉文帝二年(前198年)，与《忧民》篇"今汉兴三十年矣"合，故改之。　⑲狼顾：比喻人们担心害怕，就像狼走道时有所畏惧而常常回头一样。　⑳岁恶：坏年成。不入：交不了税。入：纳。　㉑鬻(yù)：卖。　㉒为：这里有治理的意思。阽(diàn)危：摇摇欲坠。　㉓世：年，指年成。　㉔被：遭受。　㉕即：假如。㉖恤：救济。　㉗卒：通"猝"，突然。　㉘馈：送食物给人。　㉙相乘：交加。　㉚横击：横行抢劫。　㉛罢(pí)：通"疲"。羸(léi)：瘦弱。易：交换。　㉜政法：政治法令。毕：全部。　㉝疑者：指图谋争夺皇位的人。疑：通"拟"，比拟。　㉞诚：通"骇"。此字原作"试"，据刘师培说改。　㉟"而直"句："直"下原有"以"字，据《汉书》删。直：竟然。廪廪：同"懔懔"，害怕的样子。

翻译

夏禹时有十年的积蓄，所以能够克服九年水涝造成的灾难；商汤有十年的积蓄，所以能够克服七年干旱造成的灾难。积蓄是国家的命脉啊。假如粮食充足、财富有余，干什么事会不成功？凭着这种条件去进攻敌国，就一定能攻下；凭着这种条件来防守，就一定能固守；凭着这种条件去打仗，就一定能获胜。使敌对的人顺服，使远方的人归附，招引谁谁会不来呢？

管子说："仓廪实，知礼节；衣食足，知荣辱。"人民不富足却能管理好，这种情况从古到今，从来没有听说过。古人说："一个男子不耕种，有人就会挨饿；一个女子不织布，有人就会受冻。"生产物质财富有时间限制，如果消费没有节制，那么社会财富就会穷竭。古人治理天下，考虑事情极其周密，所以他们的库存积蓄能满足需要。如今背弃农业生产这个根本而去从事工商业的人太多，这是国家的大祸害。放纵影响农业生产的情况特别严重，这是国家的大灾难。骄纵奢侈、挥霍浪费的风气一天天滋长，这是国家的大灾祸。这些祸害灾难公然盛行，没有一个人制止它，国家就要倾覆，没有一个人能拯救它。生产物质财富的人很少，可是消费的人很多，国家的形势怎能不危险呢？汉朝建立以来将近三十年了，公家和私人的蓄存都少得令人痛心。错过时令不下雨，老百姓就要焦虑。年成不好，人民交不了税，就会出现卖爵位、子女的事。这些情况已经传到君王耳朵里了，哪有治理国家而使国家危险到这个地步却还不惊慌的呢？

出现灾荒年景，这是自然界常有的事，夏禹和商汤都曾遇到过。如果不幸有方圆二三千里的地区发生旱灾,国家拿什么去救济他们?边境一旦突然出现紧急情况,几十万、几百万的军队出战,国家拿什么去给他们发粮饷?如果战争和旱灾一齐来,国家就会极为贫困。有胆量有力气的人就会聚集党羽横行作乱,体弱年老的人就会交换子孙来吃。政治措施未能在全国各地推行,边远地区的人敢于以皇帝自比,企图夺取皇位的人就会争相起事。到那时,皇帝才惊慌地想法来对付,哪里还来得及呢?本来可以做到使国家富足安定,却竟然造成这样危险可怕的局面,我真替皇上痛惜啊!

连语

　　本篇连缀几段历史故事,旨在劝说君王必须守道慎行、宽厚仁爱、慎选左右。纣王与武王打仗而人民纷纷倒戈的事说明:如果君王背道弃义,与民为敌,就得不到人民的拥戴,就一定要灭亡。在讲到梁有疑狱的故事时,作者借题发挥,说墙薄了就容易很快倒塌,丝薄了就容易很快撕裂,器薄了就容易很快毁坏,酒薄了就容易很快变酸,从而说明必须实行仁政。"慎选左右"也是贾谊的一贯思想,他在《春秋》篇里就把贤臣看作是君王的拐杖,提倡"仗贤";在《胎教》篇里更明确地说:"无贤佐俊士,能成功立名、安危继绝者,未之有也。"这些思想在当时都有一定的积极意义,特别是以民心向背决定君王和国家前途命运的观点,更是总结了历史经验教训的产物。

　　纣①,圣天子之后也,有天下而宜。然苟背道弃义,释敬慎而行骄肆②,则天下之人,其离之若崩③,其背之也不约而若期④。夫为人主者,诚奈何而不慎哉? 纣将与武王战⑤,纣陈其卒⑥,左臆右臆⑦,鼓之不进,皆还其刃⑧,顾以乡纣也⑨。

纣走⑩，还于寝庙之上⑪，身斗而死，左右弗肯助也。纣之官卫舆纣之躯⑫，弃之玉门之外⑬。民之观者皆进蹴之⑭，蹈其腹⑮，蹶其肾，践其肺，履其肝。周武王乃使人帷而守之⑯。民之观者褰帷而入⑰，提石之者犹未肯止⑱。可悲也！夫势为民主⑲，直与民为仇⑳，殃忿若此。夫民尚践盘其躯㉑，而况有其民政教乎！臣窃闻之曰："善不可谓小而无益，不善不可谓小而无伤。"夫牛之为胎也，细若鼷鼠㉒；纣损天下，自象箸始㉓。故小恶大恶，一类也。过败虽小，皆己之罪也。周谚曰："前车覆而后车戒。"今前车已覆矣，而后车不知戒，不可不察也。

梁尝有疑狱㉔，半以为当罪㉕，半以为不当。梁王曰："陶朱之叟以布衣而富侔国㉖，是必有奇智㉗。"乃召朱公而问之曰："梁有疑狱，吏半以为当罪，半以为不当，虽寡人亦疑焉。吾决是奈何㉘？"朱公曰："臣鄙人也㉙，不知当狱㉚。然臣家有二白璧，其色相如也㉛，其径相如也，其泽相如也。然其价也，一者千金，一者五百金。"王曰："径与色、泽皆相如也，一者千金，一者五百金，何也？"朱公曰："侧而视之，其一者厚倍之，是以千金。”王曰：“善。”故狱疑则从去，赏疑则从予㉜。梁国说㉝。以臣谊窃观之，墙薄咫亟坏㉞，缯薄咫亟裂㉟，器薄咫亟毁，酒薄咫亟酸。夫薄而可以旷日持久者，殆未有也㊱。故有国畜民施政教者㊲，臣窃以为厚之而可耳㊳。

抑臣又窃闻之曰㊴：有上主者，有中主者，有下主者。上主者，可引而上㊵，不可引而下；下主者，可引而下，不可引而上；中主者，可引而上，可引而下。故上主者，尧、舜是也㊶，夏禹、契、后稷与之为善则行㊷，鲧、讙兜欲引而为恶则诛㊸。故可与为善而不可与为恶。下主者，桀、纣是也㊹，推侈、恶来进与为恶则行㊺，比干、龙逢欲引而为善则诛㊻。故可与为恶而不可与为善。所谓中主者，齐桓公是也㊼，得管仲、隰朋则九合诸侯㊽，任竖貂、易牙则饿死胡宫㊾，虫流而不得葬㊿。故材性乃上主也(51)，贤人必合，而不肖人必离，国家必治，无可忧者也。若材性下主也，邪人必合，贤正必远，坐而须亡耳(52)，又不可胜忧矣(53)。故其可忧者，唯中主尔，又似练丝(54)，染之蓝则青(55)，染之缁则黑(56)；得善佐则存(57)，不得善佐则亡，此其不可不忧者耳。《诗》云：“芃芃棫朴，薪之槱之；济济辟王，左右趋之㊳。"此言左右日以善趋也㊴，故臣窃以为练左右急也㊵。

---

①纣：商朝末代君王帝辛。周武王伐纣，战于牧野，纣兵败自焚。
②释：放弃。敬慎：恭敬谨慎。骄肆：骄横恣纵。　③崩：山崩。
④若期：如同事先约定了的。期：约。　⑤武王：周文王之子，西周王朝的创建者，姓姬，名发。　⑥陈：陈列。　⑦左臆右臆：形容数目极多。臆：通"亿"，十万为亿。　⑧还其刃：掉转矛头、刀刃。　⑨顾：回头看，回头。乡：通"向"。　⑩走：逃跑。　⑪寝庙：宗庙。
⑫官卫：卫兵。舆：车箱，这里是用车运载的意思。　⑬玉门：用玉装饰之门。　⑭蹴(cù)：踢。　⑮蹈：踩，踏。与下文"蹶""践""履"义并同。　⑯帷：设帷幕。　⑰褰(qiān)：揭起，掀起。　⑱提：投掷。　⑲民主：帝王。　⑳直：却。　㉑"夫民"二句：疑有误文，译文为猜摸语。践盘：未详。疑为"践醢(hǎi)"之误，意思是践踏而使之成为肉酱。　㉒鼷(xī)鼠：最小的老鼠。　㉓"纣损"二句：是说纣王丧失天下首先是由于生活奢侈。损：失。象箸：象牙筷子。《史记•宋微子世家》："纣始为象箸。箕子叹曰：'彼为象箸，必为玉杯，为杯，则必思远方珍怪之物而御之矣，舆马宫室之渐自此始，不可振也。'"　㉔梁：指战国时梁国，即魏，建都大梁（今河南开封）。疑狱：证据不确而难以判定的诉讼案件。狱：诉讼案件。　㉕"半以"句：陶鸿庆说，此句前当有"吏"字。《群书治要》引句前有"群臣"二字。
㉖陶朱之叟：即下文"朱公"，春秋末期人范蠡。曾辅佐越王勾践灭吴，后入齐到陶地（今山东定陶西北），改称陶朱公，以经商成为巨

富。布衣：平民。侔：相等。　㉗是：此，此人，指陶朱之叟。

㉘是：指代疑狱。　㉙鄙人：山野之人，谦词。　㉚当狱：判案。当：
判决。　㉛相如：差不多。　㉜去：指免除惩罚。予：指给予奖赏。

㉝说：通"悦"。　㉞咫(zhǐ)：则，就。亟：急速，很快。　㉟缯：泛指丝
织品。　㊱殆：大概。　㊲畜民：统治人民。　㊳厚之：使政治仁厚。

㊴抑：表提挈语气。　㊵引：引导。　㊶尧：唐尧。舜：虞舜。相传
二人都是圣君。　㊷夏禹：鲧之子，传说原为夏后氏部落领袖，奉舜
命治理洪水有功，被舜选为继承人；舜死后，禹即为部落联盟首领。
契(xiè)：传说为商代始祖，帝喾之子，帮助禹治水有功，被舜任命为
司徒，掌管教化。后稷：名弃，传说为周的始祖，舜时做农官。

㊸鲧(gǔn)：传说为禹的父亲，四凶之一。他奉舜命治水，九年未平，
被舜放逐到羽山。讙兜：四凶之一，传说他与共工一起作恶，被舜放
逐到崇山。　㊹桀：夏桀。桀、纣都是有名的昏庸暴君。　㊺推侈：
或作"推哆""推移"，夏人，桀的佞臣。恶来：纣之佞臣。　㊻比干：
纣王的叔父，官少师，传说他因屡次劝谏，被纣王剖心而死。龙逢：
即关龙逢，夏时贤人，因劝谏桀王节用被囚禁而死。　㊼齐桓公：春
秋时齐国国君，姓姜，名小白。　㊽管仲：名夷吾，字仲。由鲍叔牙
推荐，被齐桓公用为卿，内实行改革，外以"尊王攘夷"为号召，九合
诸侯，一匡天下，使齐国成为春秋时第一个霸主。隰(xí)朋：齐大夫，
曾帮助管仲辅佐齐桓公成就霸业。　㊾任：原无此字，据陶鸿庆说
补。"易牙"原作"子牙"，据程本改。竖貂、易牙：都曾被齐桓公用为
寺人，很受宠信；后互相勾结作乱。胡宫：寝堂。　㊿虫流：蛆虫四
起，指尸体腐烂。虫：蛆。　51材性：天性。　52须：等待。　53胜
(shēng)：尽。　54又：通"有"。练：也叫"涑"，一种把丝麻或布帛煮

得柔软洁白的方法。 ㉟蓝：蓝草，叶子可以提取染料。青：即现在说的蓝色。 ㊱缁：黑色。 ㊲善佐：好的辅佐者。 ㊳"《诗》云"五句：《诗》即《诗经》。原诗是歌颂周王及其大臣的，见《诗经·大雅·棫朴》。大意是说，茂盛的棫、朴啊，砍回来，堆起来；庄严恭敬的周王啊，左右大臣都趋附您。芃(péng)芃：茂盛的样子。棫、朴：都是丛木名。薪：柴禾，这里是砍柴的意思。槱(yóu)：堆积起来，以备燃烧，是一种祭祀仪式。济济：庄严恭敬的样子。辟(bì)王：君王。趋：趋附。 ㊴善趋：善于奔走效劳。 ㊵练：这里有精选、培训的意思。

翻译

    商纣王是圣明天子的后代，他享有天下是应该的。但是，如果他背道弃义，不用恭敬谨慎的态度而采取骄横恣纵的做法，那么，天下人民就会像山崩一样离开他，就会不约而同地背叛他。作为君王，实在是怎么能不谨慎呢？商纣王将要与周武王打仗，纣王布列士卒，左边成千上万，右边成千上万。但是，擂起战鼓让他们前进，他们却不肯前进，都掉转武器，回过头来对付纣王，纣王逃跑，回到寝堂上，孤身奋战而死，左右侍从不肯出来相助。纣王的卫兵用车子把他的尸体运走，扔到了玉门外边。观看的人前来踢他，踩他的五脏六腑。周武王便派人用帷幕遮住，并且看守着。观看的人掀开帷幕就进去，扔石块的人都不肯停手。可悲啊，从权势上说是一国之主，却与人民为敌，以致带来如此的灾祸和怨恨。当时人民还缺乏政教，尚且爱憎分明，非要把他踏成肉酱。试想,如果人民有了政教,又该怎么样呢？我听说过:"善事不能说因为它小就没有好处,不善的事不能说因为它小就没有害处。"庞然大物的牛在它刚刚孕育为胎的时候也小得像个小老鼠,商纣王所以丧失天下,就是从他使用象牙筷子开始的。所以,不论是小恶,还是大恶,都同样是恶。罪过和失败虽然很小,也都是自己的罪过。周代的俗话说:"前车覆而后车戒。"如今前面的车子翻倒了,后面的车子却不知道警惕,这种事情不能不明察啊。

梁国曾经有个疑难的案件,官员们一半人认为应当判罪,一半人认为不应当判罪。梁王说:"陶朱公凭着平民的身份致富,以致拥有和国家差不多的财富。这个人一定有特别的才智。"便请来陶朱公,问他说:"梁国有个疑难案件,官员们一半认为应当判罪,一半人认为不应当判,就是我本人也感到疑惑。我怎么判决这个案子呢？"陶朱公说:"我是个山野之人,不懂得判案。但是,我家里有两块白璧,两块的颜色差不多,直径差不多,光泽也差不多。但是,它们的价格,一块值千金,一块值五百金。"梁王说:"直径、颜色、光泽都差不多,一块值千金,一块值五百金,这是为什么呢？"陶朱公说:"侧过来看,其中一块比另一块厚一倍,所以值千金。"梁王说:"好。"所以,凡是罪证不足、判决有疑问的案件,就免去处罚;凡是立功证据不足、行赏有疑问的时候,就给以奖赏。梁国人很高兴。从我个人看来,墙薄就容易很快倒塌,丝薄就容易很快撕裂,器薄就容易很快毁坏,酒薄就容易很快变酸。薄却能旷日持久的东西恐怕没有。所以,拥有江山、统治人民、推行政令教化的人,我个人认为只要推行仁厚的政治就可以了。

我又听说过，有上等君王，有中等君王，有下等君王。上等君王，可以引导他向上却不能引导他向下；下等君王，可以引导他向下却不能引导向上；中等君王，可以引导他向上，也可以引导他向下。上等君王，像尧、舜便是。禹、契、后稷同他一起做好事便罢，鲧、灌兜想要引导他做坏事就受到惩办；所以，对上等君王，可以同他们一起做好事却不能同他们一起做坏事。下等君王，像桀、纣便是。推侈、恶来前来同他一起做坏事便罢，比干、龙逢要想引导他做好事就受到惩办。所以，对下等君王，可以同他们一起做坏事却不能同他们一起做好事。中等君王，像齐桓公便是。他得到管仲、隰朋，就能多次会合诸侯；任用竖貂、易牙，就落得饿死胡宫，尸体烂到生蛆也没有人来收葬。所以，天性是上等的君王，贤明的人一定前来会合，而不贤的人一定要离开，国家一定大治，他们是没有什么忧虑的。天性如果是下等的君王，邪恶的人一定前来会合，贤明正直的人一定远离，坐着等待灭亡就是了，忧虑也没有什么用处。所以，令人忧虑的，唯有中等君王，就像练丝一样，用蓝染料染它，它就变成蓝的；用黑染料染它，它就变成黑的；得到好的辅佐者就可以生存，得不到好的辅佐者就会灭亡，这就是不能不令人忧虑的了。《诗经》里说："芃芃棫朴，薪之槱之；济济辟王，左右趋之。"这是说君王左右亲信越来越善于奔走效劳。所以我私下认为，选择、训练君王的左右亲信是当务之急。

礼

贾谊曾师从张苍学习《春秋左氏传》，所以对于古礼制所知甚多。本文就比较具体地阐明了"礼"的内容，主要包括尊君、尚贤、爱民等。强调"礼"的最终目的，是要建立起严格的封建等级制度，这是贾谊政治思想的重要组成部分。

昔周文王使太公望傅太子发①，太子嗜鲍鱼而太公弗与②，曰："礼：鲍鱼不登于俎③。岂有非礼而可以养太子哉？"寻常之室④，无奥剽之位⑤，则父子不别；六尺之舆，无左右之义，则君臣不明。寻常之室、六尺之舆处无礼，即上下蹐逆⑥，父子悖乱⑦，而况其大者乎？故道德仁义，非礼不成；教训正俗⑧，非礼不备；分争辨讼，非礼不决；君臣、上下、父子、兄弟，非礼不定；宦学事师，非礼不亲；班朝治军、莅官行法⑨，非礼威严不行；祷祠祭祀、供给鬼神，非礼不诚不庄。是以君子恭敬、撙节、退让以明礼⑩。

礼者，所以固国家，定社稷，使君无失其民者也。主主臣臣，礼之正也；威德在君，礼之分也⑪；尊卑、大小、强弱有位，礼之数也⑫。礼：天子爱天下，诸侯爱境内，大夫爱官属，士庶各爱其家。失爱不仁⑬，过爱不义⑭，故礼者，所以守尊卑之经、强弱之称者也⑮。礼：天子适诸侯之宫，诸侯不敢自阼阶⑯。阼阶者，主之阶也。天子适诸侯，诸侯不敢有宫，不敢为主人礼也。君仁臣忠，父慈子孝，兄爱弟敬，夫和妻柔，姑慈妇听⑰，礼之至也⑱。君仁则不厉⑲，臣忠则不贰，父慈则教，子孝则协⑳，兄爱则友㉑，弟敬则顺，夫和则义，妻柔则正，姑慈则从，妇听则婉㉒，礼之质也。

礼者，臣下所以承其上也㉓。故《诗》云："一发五豝㉔，吁嗟乎驺虞。"驺者，天子之囿也㉕。虞者，囿之司兽者也㉖。天子佐舆十乘㉗，以明贵也。贰牲而食㉘，以优饱也㉙。虞人翼五豝以待一发㉚，所以复中也。人臣于其所尊敬，不敢以节待㉛，敬之至也。甚尊其主，敬慎其所掌职，而志厚尽矣㉜。作此诗者，以其事深见良臣顺上之志也㉝。良臣顺上之志者，可谓义矣。故其叹之也长，曰"吁嗟乎"。虽古之善为人臣者，亦若此而已。

礼者，所以节义而没不遝㉞。故飨饮之礼，先爵于卑贱而后贵者始羞㉟，殽膳下浃而乐人始奏㊱。觞不下遍㊲，君不尝羞；殽不下浃，上不举乐。故礼者，所以恤下也㊳。由余曰㊴：“干肉不腐㊵，则左右亲；苞苴时有㊶，筐篚时至㊷，则群臣附；官无蔚藏㊸，腌陈时发㊹，则戴其上。”《诗》曰：“投我以木瓜，报之以琼琚；匪报也，永以为好也㊺。”上少投之，则下以躯偿矣；弗敢谓报，愿长以为好。古之蓄其下者，其施报如此。

国无九年之蓄，谓之不足；无六年之蓄，谓之急；无三年之蓄，国非其国也。民三年耕，必余一年之食；九年而余三年之食；三十岁相通，而有十年之积。虽有凶旱水溢，民无饥馑。然后天子备味而食㊻，日举以乐㊼。诸侯食珍不失，钟鼓之县可使乐也㊽。乐也者，上下同之。故礼，国有饥人，人主不飧㊾；国有冻人，人主不裘㊿；报囚之日，人主不举乐。岁凶谷不登(51)，台扉不涂(52)，榭彻干侯(53)，马不食谷，驰道不除(54)，食减膳(55)，飨祭有阙(56)。故礼者，自行之义，养民之道也。受计之礼(57)，主所亲拜者二：闻生民之数则拜之，闻登谷则拜之。《诗》曰："君子乐胥，受天之祜⁵⁸。"胥者，相也。祜，大福也。夫忧民之忧者，民必忧其忧；乐民之乐者，民亦乐其乐。与士民若此者，受天之福矣。

礼，圣王之于禽兽也，见其生不忍见其死，闻其声不尝其肉，隐弗忍也⁵⁹。故远庖厨⁶⁰，仁之至也。不合围，不掩群，不射宿，不涸泽；豺不祭兽⁶¹，不田猎；獭不祭鱼⁶²，不设网罟⁶³；鹰隼不鸷睢⁶⁴，而不逮，不出颖罗⁶⁵；草木不零落，斧斤不入山林；昆虫不蛰⁶⁶，不以火田；不麛⁶⁷，不卵，不刳胎⁶⁸，不殀夭⁶⁹，鱼育不入庙门⁷⁰，鸟兽不成毫毛不登庖厨。取之有时，用之有节，则物蕃多⁷¹。汤曰："昔蛛蝥作罟⁷²，不高顺、不用命者⁷³，宁丁我网⁷⁴。"其惮害物也如是。《诗》曰："王在灵囿，麀鹿攸伏。麀鹿濯濯，白鸟皜皜。王在灵沼，于牣鱼跃⁷⁵。"言德至也。圣主所在，鱼鳖禽兽犹得其所，况于人民乎！

故仁人行其礼，则天下安而万理得矣。逮至德渥泽洽⁷⁶，调和大畅⁷⁷，则天清澈，地富煴⁷⁸，物时熟，民心不挟诈贼⁸⁰，气脉淳化⁸¹。攫啮搏击之兽鲜⁸²，毒螫猛蚡之虫密⁸³，毒山不蕃草木少，薄矣铄乎大仁之化也^㉞。

---

①太公望:即吕尚,又称姜尚,字子牙,号太公望。傅:古代有名为太傅、少傅的官职,负责太子的学习、生活等。发:姬发,即以后的周武王。　②鲍鱼:即干鱼。　③俎(zǔ):古代祭祀时盛物品的器皿。④寻常:长度单位。八尺为寻,二寻为常。　⑤奥剽:即奥表。奥:屋子的西南角。因其在屋深处,所以成为尊贵的地方。剽:通"表",显豁之处。　⑥踳(chuǎn)逆:杂乱颠倒。踳:同"舛"。　⑦悖乱:混乱。　⑧教训:指教其师法,训其义理。　⑨班朝:正朝位。班:排列位次。莅官:做官。莅:临。　⑩撙(zǔn)节:约束,克制。　⑪分(fèn):名分,职分。　⑫数:定数。　⑬失爱:不爱。　⑭过爱:过当之爱,即不守"分""数"的爱。　⑮经:常道,常法。称:称谓。⑯阼(zuò)阶:东阶。古代殿前只有两处台阶,东边叫阼阶。会见宾客时,主人立于东阶,宾客自西阶升降。　⑰姑:丈夫的母亲,俗称婆婆。听:顺从。　⑱至:极,顶点。　⑲厉:意思同"戾",凶暴。⑳协:和洽。　㉑友:友爱,亲近。　㉒婉:温顺。　㉓承:奉。㉔"一发"二句:见《诗经·召南·驺虞》。据旧注,诗的大意是,由虞者(天子园林中负责养兽的)驱赶五头野猪等待国君猎杀,而国君发箭只射中其中一头,所以感叹国君有像驺虞一样的仁德。豝(bā):母猪。驺虞:传说是一种义兽。按,贾谊的解释和旧注不尽相同。㉕囿(yòu):畜养禽兽的地方。　㉖司:主管,负责。　㉗佐舆:副车。　㉘牲:供祭祀和宴享用的牛、羊、猪。　㉙优:饶,多。㉚翼:指围赶。　㉛节:省俭、不尽心的意思。待:通"侍"。　㉜志:

心意。厚:多。 ㉝见:现。 ㉞所以:所有的意思。节义:礼义。没不逮(tà):无不涉及。"逮"原作"还",据俞樾说改。 ㉟爵:酒器。羞:美味。爵、羞均用作动词。 ㊱殽:同"肴"。下浃:指都已享用过食物。浃:彻,通。 ㊲觞:劝酒。 ㊳恤:体贴,照顾。 ㊴由余:春秋时晋国人,秦穆公用其谋而称霸西戎。 ㊵干肉:肉脯。 ㊶苞苴(jū):原指包鱼肉的草包,后把赠送给别人的礼物也称苞苴。㊷筐筥:都是盛物的竹器,方为筐,圆为筥。这里指馈送的物品。㊸蔚藏:指积存很多的物品。蔚:通"郁"。 ㊹腌陈:指积存很久的物品。 ㊺"投我"四句:见《诗经·卫风·木瓜》。本是一首爱情诗。木瓜:木瓜树结的果实。琼琚:佩玉。匪:通"非"。 ㊻备味:多种美味。 ㊼举:古代帝王的盛宴。以:和。乐:作乐。 ㊽县:同"悬"。 ㊾飧(sūn):晚餐。 ㊿裘:皮衣。 ○51岁凶:年成不好。登:庄稼成熟。 ○52扉:门扇。 ○53榭:土台上的屋子,此指练习射箭的地方。彻:通"撤"。干侯:即豻侯,用野狗皮装饰的箭靶。古代行射礼,树"侯"而射,以中或不中较胜负。 ○54驰道:君王驰马之道,即所谓御路。除:修治。 ○55膳:美食。 ○56飨祭:饮宴和祭祀。阙:通"缺"。 ○57受计:接受郡国所上计簿,以了解地方财力。○58"君子"二句:见《诗经·小雅·桑扈》。 ○59隐:伤痛。 ○60庖厨:厨房。 ○61祭兽:据说豺在深秋时,杀野兽以备过冬,陈于四周,似人陈物而祭祀,所以称作祭兽或豺祭。 ○62獭(tǎ):野兽名,形状像小狗,水居食鱼。祭鱼:据说獭捕鱼后,陈列在水边,如同祭祀,所以称作祭鱼或獭祭。 ○63罟(gǔ):网。 ○64隼(sǔn):一种凶猛的鸟。鸷睢(xī):怒目而视。鸟能怒目而视,则说明已经长大。 ○65颖:悬挂的意思。罗:捕鸟的网。 ○66蛰:昆虫藏在土中过冬。 ○67"不麛

(mí)"二句:即不杀麛,不取卵。麛:同"麑",小鹿,这里泛指幼兽。

⑥刳(kū):剖开挖空。 ⑥殀:杀害。 ⑦鱼育:指鱼未长大。"育"原作"肉",据俞樾说改。 ⑦蕃:繁殖。 ⑦蛛蝥(máo):蜘蛛的别名。 ⑦高顺:指自由飞翔。 ⑦宁:宁愿。丁:当,碰撞。 ⑦"王在"六句:见《诗经·大雅·灵台》。灵囿:园囿名。麀(yōu):母鹿。攸:所。濯濯:肥泽的样子。皜(hào)皜:洁白而有光泽。灵沼:池沼名。于:发语词。仞:通"牣",满。 ⑦逮:及。渥:沾润。洽:也是沾润的意思。 ⑦调和:指阴阳调和。 ⑦清澈:清明的意思。 ⑦富熅(yūn):富庶。 ⑧挟:怀,藏。贼:残害,指害人之心。 ⑧气脉:指民风民俗。 ⑧攫:抓。啮(niè):咬。鲜(xiǎn):少。 ⑧蠤(chuò):蜇的意思。猛:通"蟊",一种吃苗根的害虫。蚄(fāng):一种吃米谷的虫子。密:通"伏"。(用俞樾说) ⑧"毒山"二句:疑有讹误。俞樾认为,原文当作"山不蕃草木少矣,薄铄乎大仁之化也"。薄铄:义同"灼铄",光明的样子。

翻译

过去,周文王派太公望做太子姬发的师傅,太子喜好吃干鱼可是太公不给,并说:"按照礼的规定,干鱼不能作典礼时的祭品。哪里能按不合礼的规定去喂养太子呢?"在不大的室中,如果不确定尊卑上下的位置,那么父子就没有区别;六尺大小的车,没有左右尊卑的规定,那么君臣的差别就不明确。不大的屋子、六尺大小的车子,人们所在位置不符合礼的规定,就会上下位置颠倒、父子关系混乱,更何况一个国家呢?所以,道德仁义,没有礼制就不能形成；教导道义改正风俗，没有礼制就不完备；分辨争讼，没有礼制就不能判决；君臣、上下、父子、兄弟之间的关系，没有礼制就不能固定；向老师学习求官求学的本领，没有礼制就不会与老师亲近；安排朝廷位次、治理军队，以及做官推行法令，没有礼制就没有威严；祝祷祭祀和供给鬼神的物品，没有礼制就会不诚实、不庄重。所以君子要做到恭敬、克制、退让，以此来宣明礼制。

礼是用来巩固政权，安定国家，让国君不致失去百姓的一些规定。君行君道臣行臣道，是礼的重要内容；君王施威行德，是礼的职分；尊卑、大小、强弱有一定位置，是礼的定数。礼规定：天子爱天下，诸侯爱封地，大夫爱下属官吏，士人百姓各爱其家。应该爱而不爱是不仁，不应该爱而爱是不义。所以，礼是用来规范尊卑、强弱之道的。礼规定：天子到诸侯宫室去，诸侯不敢自立于宫室东边的台阶。东边台阶，是主人迎接宾客站立的地方。天子到诸侯那里去，诸侯不敢把自己当作宫室的主人，不敢施行主人的礼节。国君仁德，大臣忠诚；父亲慈爱，儿子孝顺；兄爱护弟，弟尊敬兄；丈夫温和，妻子柔顺；婆婆慈爱，媳妇顺从，这些是礼的最高境界。国君仁德就不凶暴，大臣忠诚就没有贰心，父亲慈爱就能教育儿子，儿子孝顺就关系和洽，兄爱护弟就能亲近，弟尊敬兄就能顺从，丈夫温和就有仁义，妻子柔顺就有德行，婆婆慈爱就让人顺从，媳妇听从就会温顺，这些是礼的实际内容。

礼，是大臣用来侍奉国君的一些规定。所以，《诗经》里说："一发五豝，吁嗟乎驺虞。"驺，是天子畜养禽兽的园地。虞，是园中管禽兽的人。天子有副车十辆，用来显示地位的尊贵。备办两份有牛、羊、猪的食品才吃饭，是为了吃得丰盛、吃得饱。园中管禽兽的围赶五头小猪，以等待国君射杀，为的是让他一再射中。臣子对于自己所尊敬的人，不敢不尽心尽意服侍他，算是尊敬到极点了。臣子非常尊敬主上，恭敬谨慎地对待自己所承担的职责，并且心意都尽到了。作这首诗的人，是用这件事深刻地表现忠臣顺从主上的心意。忠臣顺从主上的心意，可以称作义了。所以他感叹良久，说"吁嗟乎"。即使古代善于作人臣子的，也只是如此罢了。

礼，所有的礼节没有不涉及到的。所以宴请宾客的礼节，先让卑贱者吃喝，然后尊贵者方开始用餐，佳肴美味都已享用过，乐师才开始奏乐。劝酒没劝过一遍，国君不尝食品；美味不都享用过了，国君不许奏乐。所以，礼是用来体贴照顾下级的。由余说："把肉脯常常分赐给左右，左右的人就会亲近；对下常常有所馈赠，群臣就会归服；官府里没有积蓄很多很久的物品，常常用来救济百姓，百姓就会拥戴国君。"《诗经》里说："投我以木瓜，报之以琼琚；匪报也，永以为好也。"国君少给点好处，下级就会以身报答；不敢说是报答，却只说愿意永远友好。古代统治臣民的国君，他们就是这样来取得臣民报答的。

国家没有九年的储存，叫做不足；没有六年的储存，叫做紧急；没有三年的储存，国家就不成其为国家。百姓耕种三年，一定剩余一年的粮食；耕种九年就要剩余三年的粮食；照此计算，三十年就有十年的储存。那么，即使遇到旱灾水灾，百姓也不会有饥荒。然后，天子吃佳肴美味，天天宴饮作乐。诸侯如期宴饮，撞钟鸣鼓奏乐。所谓乐，是上下同乐。礼规定，国中有挨饿的人，君王不吃晚餐；国中有受冻的人，君王不穿皮衣；判决罪人的日子，君王不奏乐。荒年庄稼没收成，宫室建筑不加涂饰，停止举行射礼活动，马不准吃粮食，不修整君王驰马之道，吃饭减少美味，减少饮宴和祭祀。所以，所谓礼，是君王自己遵行的道理，是教育百姓的措施。受计簿时举行的礼仪，君王两次亲自跪拜：听到增加人口的数字时要跪拜，听到粮食丰登时要跪拜。《诗经》里说："君子乐胥，受天之祜。"胥，是相的意思。祜，是有大福的意思。为百姓的忧愁而忧愁的人，百姓一定为他的忧愁而忧愁；为百姓的欢乐而欢乐的人，百姓也一定为他的欢乐而欢乐。和士民的关系像这样的人，就得到上天的福佑了。

礼规定，圣明的君王对待禽兽，看见它活着不忍看见它死，听到它的声音不吃它的肉，因为内心伤痛而下不了决心。所以，要远离厨房，可算是仁义到极点了。不狩猎，不围捕群兽，不射猎歇息在巢穴中的鸟兽，不把水泽弄干而捕鱼；豺未祭过兽，不去打猎；獭未祭过鱼，不下鱼网；鹰隼不长大，就不张网捕杀；草木未落叶，不带斧头进山砍伐林木；昆虫未潜藏冬眠，不去烧荒；不杀幼鹿，不取卵，不剖腹取胎，不杀幼小动物，鱼未长大不捕捞作祭品，鸟兽未长出毫毛，不拿到厨房。获取按照时令，使用注意节制，生物就会繁殖增加。商汤说："从前蜘蛛结网，那些不愿自由、不顾性命的，自愿碰到我的网上。"他是这样地害怕伤害动物。《诗经》里说："王在灵囿，麀鹿攸伏。麀鹿濯濯，白鸟皜皜。王在灵沼，于牣鱼跃。"说的是仁德达到极点了。圣明君王所在之地，鱼鳖禽兽还能够各得其所,何况对待人民呢?

所以,有仁德的人按照礼行事,就会天下安定,万事万物按照规律发展。等到恩泽普施,阴阳调和通畅,就会皇天清明,大地富庶,生物按季节成熟,人民不藏欺骗、害人之心,风俗淳厚清廉。凶猛的野兽少,有毒螫人、危害庄稼的害虫潜伏,不长草木的山少有,光明的仁德遍布天下。

春秋

本篇辑录了九则历史故事,旨在说明国君只要尚德、爱民、守礼,就能获得成功。否则,就要失败。在周代,王朝及各诸侯国的史书均可称"春秋",此题为"春秋",盖取其记事之义。

楚惠王食寒菹而得蛭①,因遂吞之,腹有疾而不能食。令尹入问曰②:"王安得此疾?"王曰:"我食寒菹而得蛭,念谴之而不行其罪乎③,是法废而威不立也;谴而行其诛,则庖宰、监食者法皆当死④,心又弗忍也。故吾恐蛭之见也⑤,遂吞之。"令尹避席再拜而贺曰⑥:"臣闻'皇天无亲,惟德是辅⑦'。王有仁德,天之所奉也⑧,病不为伤。"是昔也⑨,惠王之后而蛭出,故其久病心腹之积皆愈。故天之视听不可谓不察也⑩。

卫懿公喜鹤⑪,鹤有饰以文绣而乘轩者⑫。赋敛繁多而不顾其民,贵优而轻大臣⑬,群臣或谏则面叱之。及翟伐卫⑭,寇挟城堞矣⑮,卫君垂泣而拜其臣民曰:"寇迫矣,士民其勉之!"士民曰:

"君亦使君之贵优，将君之爱鹤⑯，以为君战矣。我侪⑰，弃人也，安能守战？"乃溃门而出走⑱。翟寇遂入，卫君奔死，遂丧其国。故贤主者，不以草木禽兽妨害人民，进忠正而远邪伪，故民顺附而臣下为用。今释人民而爱鸟兽，远忠道而贵优笑⑲，反甚矣⑳！人主之为人主也，举错而不偾者㉑，杖贤也。今背其所主而弃其所杖㉒，其偾仆也，不亦宜乎？语曰："祸出者祸反㉓，恶人者人亦恶之㉔。"管子曰："不行其野，不违其马㉕。"此违其马者也。

邹穆公有令㉖，食凫雁者必以粃㉗。毋敢以粟。于是仓无粃而求易于民，二石粟而易一石粃㉘。吏请曰："以粃食雁，为无费也。今求粃于民，二石粟而易一石粃，以粃食雁，则费甚矣。请以粟食之。"公曰："去！非而所知也㉙。夫百姓煦牛而耕㉚，曝背而耘㉛，苦勤而不敢惰者，岂为鸟兽也哉？粟米，人之上食也，奈何其以养鸟也？且汝知小计而不知大计。周谚曰'囊漏贮中㉜'，而独弗闻欤？夫君者，民之父母也，取仓之粟而移之与民，此非吾粟乎？鸟苟食邹之粃㉝，不害邹之粟而已。粟之在仓与其在民，于吾何择㉞？"邹民闻之，皆知其私积之与公家为一体也㉟。

楚王欲淫邹君㊱，乃遗之技乐美女四人㊲。穆公朝观而夕毕以妻死事之孤㊳。故妇人年弗称者弗蓄㊴，节于身而弗众也。王舆不衣皮帛㊵，御马不食禾菽，无淫僻之事㊶，无骄熙之行㊷，食不众味，衣不杂采，自刻以广民㊸，亲贤以定国，亲民如子。邹国之治，路不拾遗，臣下顺从，若手之投心㊹。是故以邹子之细㊺，鲁、卫不敢轻，齐、楚不能胁。邹穆公死，邹之百姓若失慈父，行哭三月㊻。四境之邻于邹者，士民乡方而道哭㊼，抱手而忧行。酤家不雠其酒㊽，屠者罢列而归㊾，僬童不讴歌㊿，舂筑者不相杵○51，妇人抉珠瑱○52，丈夫释玦韘○53，琴瑟无音，期年而后始复○54。故爱出者爱反，福往者福来。《易》曰："鸣鹤在阴，其子和之○55。"其此之谓乎！故曰：天子有道，守在四夷○56；诸侯有道，守在四邻○57。

宋康王时○58，有爵生鷇于城之陬○59。使史占之，曰○60："小而生大，必伯于天下○61。"康王大喜。于是灭滕伐诸侯，取淮北之城，乃愈自信，欲霸之亟成○62。故射天笞地○63，伐社稷而焚之○64，

曰威服天地鬼神；骂国老之谏者为无头之棺⑥，以
视有勇⑥；剖伛者之背⑥，斫朝涉之胫⑥，国人大
骇⑥。齐王闻而伐之，民散城不守。王乃逃于邬
侯之馆⑦，遂得而死。故见祥而为不可，祥反
为祸。

晋文公出畋⑦，前驱还白⑦："前有大蛇，高若
堤，横道而处。"文公曰："还车而归。"其御
曰⑦："臣闻祥则迎之，妖则凌之⑦。今前有妖，
请以从吾者攻之。"文公曰："不可。吾闻之曰：
天子梦恶则修道，诸侯梦恶则修政，大夫梦恶则修
官，庶人梦恶则修身。若是，则祸不至。今我有
失行，而天招以妖我⑦，我若攻之，是逆天命。"
乃归，斋宿而请于庙曰⑦："孤实不佞⑦，不能尊
道，吾罪一；执政不贤⑦，左右不良，吾罪二；饬
政不谨⑦，民人不信，吾罪三；本务不修⑧，以咎百
姓⑧，吾罪四；斋肃不庄，粢盛不洁⑧，吾罪五。
请兴贤遂能⑧，而章德行善以导百姓⑧，毋复前
过。"乃退而修政。居三月，而梦天诛大蛇，曰：
"尔何敢当明君之路⑧？"文公觉，使人视之，蛇
已鱼烂矣⑧。文公大说⑧，信其道而行之不解⑧，
遂至于伯。故曰：见妖而迎以德，妖反为福也。

楚怀王心矜好高人⑩，无道而欲有伯王之号㉛。铸金以象诸侯人君，令大国之王编而先马㉜，梁王御，宋王骖乘㉝，周、召、毕、陈、滕、薛、卫、中山之君，皆象使随而趋㉞。诸侯闻之，以为不宜，故兴师而伐之。楚王见士民为用之不劝也㉟，乃征役万人，且掘国人之墓。国人闻之振动，昼旅而夜乱㊱。齐人袭之，楚师乃溃。怀王逃适秦㊲，克尹杀之西河㊳，为天下笑。此好矜不让之罪也，不亦羞乎？

　　齐桓公之始伯也㊴，翟人伐燕㊵，桓公为燕北伐翟，乃至于孤竹㊶，反而使燕君复召公之职㊷。桓公归，燕君送桓公，入齐地百六十八里。桓公问于管仲曰㊸："礼，诸侯相送，固出境乎？"管仲曰："非天子不出境。"桓公曰："然则燕君畏而失礼也，寡人恐后世之以寡人为存燕而欺之也！"乃下车而令燕君还车，乃割燕君所至而与之，遂沟以为境而后去㊹。诸侯闻桓公之义，口不言而心皆服矣。故九合诸侯㊺，莫不乐听；扶兴天子，莫不劝从㊻。诚退让，人孰弗戴也㊼？

　　二世胡亥之为公子也，昆弟数人㊽。诏置酒飨群臣㊾，召诸子赐食先罢㊿，胡亥下陛⓫，视群臣

陈履状善者^⑪，因行践败而去。诸侯闻之，莫不大
息^⑬。及二世即位，皆知天下之弃之也。

孙叔敖之为婴儿也^⑭，出游而还，忧而不食。
其母问其故，泣而对曰："今日吾见两头蛇，恐去
死无日矣。"其母曰："今蛇安在？"曰："吾闻
见两头蛇者死，吾恐他人又见，吾已埋之也。"其
母曰："无忧，汝不死。吾闻之，有阴德者，天报
以福。"人闻之，皆谕其能仁也^⑮。及为令尹，未
治而国人信之。

---

①楚惠王：昭王子，名章。菹(zū)：腌菜。蛭：水蛭，俗称马蟥。这则
故事《新序·杂事四》也载录。　②令尹：春秋时楚国官职名，相当
于国相。　③行其罪：罚其罪。　④庖宰：厨夫。监食者：监督烹调
食物的人。　⑤见：通"现"。　⑥避席：古人席地跪坐，有所敬则臀
部抬起，挺直身体，称为避席。　⑦"皇天"二句：见《尚书·周书·
蔡仲之命》。意思是，天对人无亲无疏，只辅佐保佑有德之人。
⑧奉：给，此指给予辅佐和保佑。　⑨昔：夜。　⑩察：明。　⑪卫
懿公：春秋时卫惠公之子，名赤。这则故事始载《左传·闵公二年》。
⑫文绣：绣有花纹的锦帛，这里指华丽的衣服。轩：古代一种车子，
上有遮蔽。　⑬优：即俳优，供人娱乐的艺人。　⑭翟：或作"狄"，
春秋时北方族名。　⑮挟：通"接"，迫近。城堞(dié)：城上如齿状的
矮墙。　⑯将(jiàng)：率领。　⑰我侪(chái)：我辈。　⑱溃门：指

打开城门。 ⑲优笑：即俳优。 ⑳反：是非颠倒的意思。 ㉑举错：举止行为。错：通“措”。偾（fèn）：倒地，这里比喻失败、受挫折。㉒所主：指人民。所杖：指贤者。 ㉓反：通“返”。 ㉔恶（wù）：讨厌，不喜欢。 ㉕“不行”二句：见《管子·形势第二》。马有识道的本性，让马信步游缰（不违马），则自得途。此喻指未经之事，向有经验的人请教。 ㉖邹：古国名，本名邾娄，战国时鲁穆公改为邹。㉗食（sì）：喂养。凫（fú）雁：鸭和鹅。秕：不饱满的谷粒。 ㉘石：古代容量单位，十斗为一石。 ㉙而：你。 ㉚呴（xū）：出气，吐气，此指喝斥。“呴”原作“煦”，据周本改。 ㉛曝（pù）：晒。耘：锄草。㉜囊：袋子。 ㉝苟：只。 ㉞择：区别。 ㉟一体：一样，一回事。㊱淫：使之淫乱。邹君：即下文的穆公。 ㊲遗（wèi）：赠给。技乐：即伎乐。技：通“伎”。伎乐，俳优所奏之乐。 ㊳妻（qì）：作动词用，嫁。孤：幼年丧父称孤。 ㊴蓄：养，此指纳为妻妾。 ㊵舆：车。㊶淫僻：淫荡邪僻。 ㊷骄熙：骄佚嬉游。熙：通“嬉”。 ㊸刻：责。广：宽容的意思。 ㊹投：应。 ㊺邹子：即邹穆公。因邹为子爵，故称邹子。细：指国小力微。 ㊻行哭：即哭泣。行：为。 ㊼乡：通“向”。 ㊽雠（chóu）：售，卖。 ㊾罢列：罢市。列：市场售货行列。 ㊿傲童：游玩的儿童。傲：通“遨”。 (51)舂（chōng）：舂米。筑：筑墙。相：指送杵时人们口中发出的声音。 (52)抉：去掉。珠瑱（zhèn）：泛指装饰品。瑱：美玉。 (53)释：放弃，解下。玦靬（jué jiān）：代指弓箭。玦：一种帮助拉开弓弦的骨制器具，用时戴于右手手指。靬：干皮革，此处指用皮革做的箭袋。 (54)期（jī）年：满一年。(55)“鸣鹤”二句：《易·中孚·九二》爻辞。阴：通“荫”。和（hè）：应。(56)四夷：旧时称东夷、西戎、南蛮、北狄为四夷，是对华夏族外各族的蔑称。　㊗四邻:指四周的诸侯国。　㊙宋康王:战国时宋国国君,名偃。这则故事始见于《战国策》卷三十二。　㊙爵:通"雀"。鹳(zhàn):猛禽,似鹞鹰。陬(zōu):隅,角落。　⑥史:太史,古代职官名。在先秦,太史负责记史并掌管星历、占算等。　⑥伯:通"霸"。⑥亟:速。　⑥射天:《史记·宋微子世家》载,宋康王用皮囊盛上血,悬挂起来用箭射,称作射天。笞:抽打。　⑥社稷:古代称土神为社,也称祭土神之坛为社;称谷神为稷,也称祭谷神之坛为稷。社稷在古代象征国家。　⑥国老:告老退职的卿大夫。无头之棺:装被砍头人尸体的棺木,意指自寻死亡。　⑥视:通"示"。　⑥伛(yǔ)者:驼背的人。　⑥斫(zhuó):砍断。胫:小腿。据说商纣王下令砍断冬天早晨涉水过河人的小腿,看看耐寒的原因。见伪古文《尚书·泰誓下》。　⑥大骇:惊恐。　⑦郳:周代诸侯国名,即小邾国。馆:房舍。　⑦晋文公:名重(chóng)耳,"春秋五霸"之一。畋(tián):打猎。　⑦白:禀告。　⑦御:驾车的人。　⑦凌:侵犯。⑦"而天"句:是说于是天招蛇为妖于我。　⑦斋宿:斋戒越宿以表示恭敬。庙:宗庙。　⑦不佞:不才的意思。　⑦执政:主持政务的人,此处指重用的大臣。　⑦饬(chì):修。谨:严。　⑧本务:指农业。古代以农为本,以工商为末。　⑧咎:灾祸,给……造成灾祸。⑧庄:恭敬。　⑧粢盛(zī chéng):指盛在容器中供祭祀用的供品。⑧遂:进。　⑧章:表彰。导:劝导,疏导。　⑧当:面对,挡住。⑧鱼烂:此处指大蛇彻底腐烂。因鱼腐烂时由内向外,故云。⑧说:通"悦"。　⑧解:通"懈"。　⑨楚怀王:楚威王子,名熊槐。矜:骄。这则故事也载于《新序·杂事二》。　⑨伯王:指"霸"和"王"。　⑨编:排列。先马:前驱。　⑨骖乘:陪乘,又名车右,负责保卫的人。　⑭使：随从。　⑮用：效力。劝：勉励，努力。　⑯旅：古代军队五百人为一旅。此作动词用，指集而成军。　⑰适：往。⑱"克尹"句：据《史记·楚世家》记载，怀王为秦所诱，入秦而不得归，于顷襄王三年，因发病而客死于秦。　⑲齐桓公：襄公弟，名小白，"春秋五霸"之一。这则故事也载于《韩诗外传》卷四。　⑳翟人：即狄人。　㉑孤竹：殷代诸侯国名，此指孤竹国旧址。　㉒召公：姓姬，名奭，周武王臣。武王灭殷，封召公于北燕。周成王时，位至三公。　㉓管仲：名夷吾，桓公时为国相。　㉔沟：指开挖沟洫。　㉕九：言其次数众多，非实指。　㉖劝从：努力跟从。　㉗戴：拥戴。　㉘昆弟：兄弟。　㉙诏：指下诏。飨：用酒食招待人。　㉚诸子：指秦始皇的其他诸子。　㉛陛：台阶。　㉜陈：排列。履：鞋。　㉝大息：即太息，叹息。　㉞孙叔敖：春秋时楚人，庄王时为楚相。㉟谕：知晓。

翻译

　　楚惠王吃冷的腌菜时吃到一条马蟥，把它咽了下去，便感到肚子难受不能再吃了。令尹走进来问道："大王怎么得了这种病？"惠王说："我吃冷的腌菜却吃到一条马蟥，考虑到责备厨夫等人却又不治他们的罪吧，这就使法令废止而且失去了威望；责备并且按照法令规定去处罚他们吧，那么厨夫和负责监督烹调食物的人依法都应该处死，我又于心不忍。所以我害怕马蟥被发现，于是就把它咽下去了。"令尹恭敬地起身跪拜祝贺说："我听说'皇天无亲，惟德是辅'。大王有仁德，是皇天辅佐和保佑的人，疾病不会伤害您。"这天夜里,马蟥随惠王大便排出,连很久的心腹毛病都痊愈了。所以皇天看事物、听意见不能说不明察。

卫懿公喜欢鹤,有的鹤就身着华丽服饰,乘坐着车子。赋税繁杂却不关心百姓,推崇俳优却轻视大臣,有的大臣去劝谏,卫懿公就当面叱责他们。等到狄人攻打卫国,敌人逼近城头矮墙了,懿公流着泪向大臣百姓跪拜说:"敌人逼近了,士民们要努力啊!"士民说:"大王还是派您的俳优,领着您可爱的鹤,让他们为大王作战吧!我辈是不受重用的人,怎能够守城打仗呢?"于是他们便打开城门,四散逃命。狄人于是进入卫都城,卫懿公逃奔而死,卫国接着灭亡了。所以,贤德的国君,不会因为喜爱草木禽兽而使人民受危害,重用忠诚正直的人而疏远邪僻诡诈的人,这样百姓就顺从归附而大臣就能够为他效力。现在丢弃人民却喜爱鸟兽,远离忠诚守道之士却推崇俳优,是非颠倒得太厉害了!人主作为人民的主宰,举止行为之所以不会导致失败,就是依靠了贤德之人。如今背叛了人民又抛弃了贤者,他遭到失败和挫折,不也是应该的吗?俗话说:"祸出者祸反,恶人者人亦恶之。"管子说:"不行其野,不违其马。"卫懿公的行为,正是"违其马"的做法。

邹穆公发布诏令,喂养鸭和鹅的一定要用秕谷。没有人敢用小米喂。当时,国库中没有秕谷便向百姓换取,二石小米却换一石秕谷。官吏请示说:"用秕谷喂养鸭和鹅,这是为了不造成浪费。如今向百姓要秕谷,二石小米换一石秕谷,那么,用秕谷喂养鸭和鹅花费就太大了。请允许用小米喂养。"穆公说:"走开!这不是你能知道的。百姓吆喝着牛耕地,晒着脊背锄草,辛苦勤劳而不敢懈怠，难道是为了鸟兽吗？小米是人的上等食物，怎么能用来喂养鸟禽呢？况且，你只知道打小算盘却不懂大道理。周代谚语说'囊漏贮中'，你难道没听说过吗？国君是百姓的父母，取国库中的小米给百姓，这小米就不是我的小米了吗？鸟只吃邹国的秕谷，便不会损害邹国的小米。小米存在国库里和存在百姓那里，对于我来说有什么不同呢？"邹国百姓听到这件事，都懂得他们自己储存和国家储存是一回事。

楚王想使邹穆公淫乱，就赠给他四个会奏伎乐的美女。穆公早晨见过之后，到晚上就把她们全部嫁给死于公事之人的孤儿。所以，不娶与自己年龄不相当的妇人为妻妾，这对于身体有好处并且使妻妾不至众多。穆公乘坐的车不用皮帛类制品装饰，御马不吃谷子和豆子，不骄奢淫逸，吃食简单，衣不华美，严格要求自己而对百姓宽厚，亲近贤人，安定国家，爱民如子。把邹国治理得路不拾遗，臣下顺从君上，就像手的动作听从心里指挥一样。所以，像邹穆公这样国小力微的国君，鲁国、卫国竟然不敢轻视他，齐国、楚国也不能胁迫他。邹穆公一死，邹国百姓就像失去慈父一般，哭泣了三个月。和邹国毗邻的四境各国，士民面向邹国沿道哭泣，人们两手相抱，忧伤地行路。卖酒的不卖酒，屠宰牲畜的罢市归家，游玩的儿童不唱歌，春米、筑墙的不再吆喝，妇女去掉装饰，男子放下弓箭停止射猎，琴瑟无人弹奏，满一年后方才恢复。所以，爱别人，别人也会爱自己；给别人以福，自己也能得到福。《周易》里说："鸣鹤在阴，其子和之。"大概说的就是这种情况吧！所以说：天子有道，四方边远地区为其守卫；诸侯有道，四邻各国为其守卫。

宋康王时，有雀在城角生下一只鹯。康王让太史占卜这件事，占卜的人说："小雀却能生下大鸟，预示宋一定能称霸于天下。"康王非常高兴。于是灭亡滕国，攻打其他诸侯，夺取了淮北的城池，就更加自信，想要马上建立霸业。击打并焚烧了社稷，说是要威胁天地鬼神服从；告老退职的卿大夫有进谏的，就骂他们要做无头之鬼，显示自己的勇敢；剖开驼背人的脊背，砍断冬天早晨涉水过河人的小腿，国人惊恐万状。齐王听说这些情况后就进攻宋国，宋国百姓离散，城邑被攻破。康王于是逃到郳侯的住处，终于死去。所以，出现好征兆却胡作非为，吉祥反而会变成灾祸。

晋文公外出打猎，先遣人员回来禀告："前面有条大蛇，像堤坝那样高，横躺着停在道路上。"文公说："调转车头回去。"给文公赶车的说："我听说遇到吉祥就迎上去，遇到妖孽就进攻它。如今前面有妖孽，请准许我率领跟从我的人去攻打它。"文公说："不可以。我听到有种说法：天子梦到恶的事物就修治道，诸侯梦到恶的事物就修治政治，大夫梦到恶的事物就修治官吏，百姓梦到恶的事物就修治自身。如果这样做，灾祸就不会到来。如今我的行为有失，于是天招大蛇向我显示凶兆，我假如去进攻它，这是违背了天命。"于是归家，斋戒一夜后向祖庙请罪说："我确实不才，不能够尊敬道，是我的第一条罪过；任用的执政大臣不贤明，左右侍从不善良，是我的第二条罪过；修整政治不严谨，百姓不讲信用，是我的第三条罪过；不下功夫整治农业，给百姓带来灾难，是我的第四条罪过；祭祀时不能做到严肃恭敬，供品不干不净，是我的第五条罪过。我请求提拔擢用贤明有才的人，彰明仁德，推行善事，以此引导百姓，不再重犯以前的错误。"于是埋头修整政治。过了三个月，就梦见天杀死了大蛇，并说："你怎么敢阻挡贤明国君的道路？"文公醒后，派人去查看，发现大蛇已经彻底腐烂了。文公非常高兴，信奉道并且坚持不懈地施行它，终于做了霸主。所以说：出现了凶兆而能够实施仁德，凶兆反而成为福了。

楚怀王心性高傲而喜好出人头地，暴虐无道却想要称霸称王。按照诸侯人君的模样，铸成金属人像，使大诸侯国的国王排成队作为前驱，梁王赶车，宋王为车右，周、召、毕、陈、滕、薛、卫、中山等诸侯国国王，都照随从的样子跟着小步快走。诸侯听到这件事，认为不应该，所以出动军队进攻楚国。楚怀王见士民不努力为他卖命，就征发一万人服徭役，要去挖掘国人的坟墓。国人听说后骚动不安，白天招集成军，晚上就发生动乱。齐军偷袭楚军，楚军终于溃败。楚怀王逃往秦国，克尹在西河杀了他，被天下人耻笑。这就是心性高傲而不谦虚的罪过啊，难道不令人羞愧吗？

齐桓公刚称霸的时候，狄人进攻燕国，桓公为了救燕北伐狄人，一直打到孤竹。回来时，让燕王恢复召公的三公之位。桓公回国，燕王送桓公，进入齐国土地一百六十六里。桓公向管仲问道："按照礼的规定，诸侯王之间相送，本来要出边境吗？"管仲说："不是天子不送出国境。"桓公说："既然如此，那么是燕王因为敬畏我而违背礼了，我担心后人认为我救了燕国却欺凌它！"于是下车让燕王调转车头，就把燕王进入的原属齐国的那片土地送给了他，而后挖沟洫来划定疆界就离开了。诸侯听说桓公这样仁义，嘴里不说但内心都佩服他。所以他多次会合诸侯，没有一个不乐于服从；扶持周天子使之强盛，没有一个不努力跟随。待人诚实谦让，谁不拥戴呢？

秦二世胡亥当公子的时候，有好几个兄弟。秦始皇下诏备办酒食招待群臣，先呼唤其他诸子赏赐了食品。胡亥知道后走下台阶，把群臣排列得整整齐齐的鞋子践踏得乱七八糟后离去了。诸侯听到这件事，没有不叹息的。到二世即皇帝位，诸侯都知道天下人会抛弃他的。

孙叔敖还是小孩的时候，出去游玩回来，一脸忧愁不吃饭。母亲问这是为什么，他哭着回答说："今天我看见有一条两个头的蛇，恐怕距离死期没多长时间了。"母亲说："如今蛇在什么地方？"他回答说："听说看见两头蛇的人会死掉，我怕别人再看见，所以已经把它掩埋了。"母亲说："不用担忧，你不会死。我听人说，积阴德的人，上天会降福来报答他。"人们听到这件事，都知道孙叔敖有仁德。等到他当上令尹，还没治理国家而国人就信任他了。

先醒

汉文帝三年(前177年),贾谊被贬为长沙王太傅。四年之后,汉文帝召见贾谊,改任他为梁怀王太傅。本篇记述的就是贾谊担任梁太傅期间与怀王的一次谈话,内容是通过一些历史故事,说明国君重贤纳谏的重要性。文中称贾谊为"贾君",看来,文章非贾谊自作,当为后学所辑录。

怀王问于贾君曰①:"人之谓知道者先生②,何也?"贾君对曰:"此博号也,大者在人主,中者在卿大夫,下者在布衣之士。乃其正名,非为先生也,为先醒也。彼世主不学道理③,则嘿然惛于得失④,不知治乱存亡之所由,怊怊然犹醉也。而贤主者学问不倦,好道不厌,锐然独先达乎道理矣⑤。故未治也知所以治,未乱也知所以乱,未安也知所以安,未危也知所以危。故昭然先寤乎所以存亡矣⑥。故曰'先醒',辟犹俱醉而独先醒也⑦。故世主有先醒者,有后醒者,有不醒者。

"昔楚庄王即位⑧,自静三年⑨,以讲得失。

乃退僻邪而进忠正⑩，能者任事而后在高位，内领国政，辟草而施教⑪，百姓富，民恒一，路不拾遗，国无狱讼⑫。当是时也，周室坏微，天子失制⑬，宋、郑无道，欺昧诸侯。庄王围宋伐郑⑭，郑伯肉袒牵羊⑮，奉簪而献国⑯。庄王曰：'古之伐者，乱则整之，服则舍之，非利之也。'遂弗受。乃南与晋人战于两棠⑰，大克晋人，会诸侯于汉阳，申天子之辟禁⑱，而诸侯说服⑲。庄王归，过申侯之邑⑳，申侯进饭，日中而王不食。申侯请罪曰：'臣斋而具㉑，食甚洁。日中而不饭，臣敢请罪。'庄王喟然叹曰㉒：'非子之罪也！吾闻之曰：其君贤君也，而又有师者，王；其君中君也，而有师者，伯㉓；其君下君也，而群臣又莫若者，亡。今我下君也，而群臣又莫若不穀㉔，不穀恐亡无日也。吾闻之，世不绝贤。天下有贤，而我独不得，若吾生者，何以食为？'故庄王战服大国，义从诸侯，戚然忧恐，圣智在身而自错不肖㉕，思得贤佐，日中忘饭，可谓明君矣。此之谓'先寤所以存亡'㉖，此先醒也。

"昔宋昭公出亡至于境㉗，喟然叹曰：'呜呼！吾知所以亡矣！吾被服而立㉘，侍御者数百人，无不曰吾君丽者；吾发政举事，朝臣千人，无不曰吾君圣者。吾外内不闻吾过，吾是以至此，吾困宜矣。'于是革心易行，衣苴布㉙，食麟饦㉚，昼学道而夕讲之。二年，美闻于宋。宋人车徒迎而复位，卒为贤君，谥为昭公㉛。既亡矣，而乃寤所以存，此后醒者也。

"昔者虢君骄恣自伐㉜，谄谀亲贵，谏臣诘逐，政治蹢乱㉝，国人不服。晋师伐之，虢人不守，虢君出走，至于泽中。曰：'吾渴而欲饮。'其御乃进清酒㉞。曰：'吾饥而欲食。'御进腵脯、粱糗㉟。虢君喜，曰：'何给也？'御曰：'储之久矣。'曰：'何故储之？'对曰：'为君出亡而道饥渴也。'君曰：'知寡人亡邪？'对曰：'知之。'曰：'知之何以不谏？'对曰：'君好谄谀而恶至言，臣愿谏，恐先虢亡。'虢君作色而怒。御谢曰：'臣之言过也。'为间，君曰：'吾之亡者，诚何也？'其御曰：'君弗知耶？君之所以亡者，以大贤也。'虢君曰：'贤，人之所以存也。乃亡，何也？'对曰：'天下之君皆不肖，夫疾吾君之独贤也，故亡。'虢君喜，据式而笑㊱，曰：'嗟㊲，贤固若是苦耶！'遂徒行而于山中居，饥倦，枕御膝而卧。御以块自易，逃行而去。君遂饿死，为禽兽食。此已亡矣，犹不寤所以亡，此不醒者也。

"故先醒者，当时而伯；后醒者，三年而复；不醒者，枕土而死，为虎狼食。呜呼！戒之哉！"

---

①怀王：即梁怀王刘揖，汉文帝少子。贾君：对贾谊的尊称。
②道：泛指治国、治家以及立身行事的道理。　③世主：当世在位的君主。　④嘿：同"默"。悟：糊涂。　⑤锐然：突出的样子。
⑥寤：通"悟"，醒悟。　⑦辟：通"譬"。　⑧楚庄王：楚穆王子，名侣（或作"旅"），"春秋五霸"之一。　⑨静：通"靖"，治。　⑩僻邪：指奸佞之人。　⑪辟草而：原作"治而外"，据潭本改。　⑫狱讼：指诉讼案件。　⑬制：君王的命令。　⑭"庄王"句：《史记·楚世家》载，伐郑在庄王十七年（前597年），围宋在庄王二十年（前594年）。
⑮郑伯：即郑襄公。郑为伯爵，故称郑伯。肉袒：脱去上衣裸露肢体，表示谢罪。　⑯簪：章太炎《春秋左传读·宣公篇》说，"簪"当读为"识"，"识"即"志"字，"志"应指"郑书"，国之政教形势集中于"郑书"，所以献国必"奉志"。　⑰"乃南"句：这次战争即晋楚"邲之战"，发生在宣公十二年（前597年）。　⑱辟(bì)禁：法令。　⑲说：通"悦"。　⑳申：春秋时国名，姜姓，侯爵，后为楚所灭。　㉑斋：即斋戒。为表示虔诚和恭敬，古人在祭祀或其他重大活动之前，要沐

浴更衣，不饮酒，不吃荤，不与妻妾同寝，以保持身心整洁，谓之斋戒。　㉒喟(kuì)然：叹息的样子。　㉓伯：通"霸"。　㉔不榖：古代王侯自称的谦辞。　㉕错：置。不肖：不才。　㉖"此之"句："此之"二字原无，据《群书治要》卷四十补。　㉗宋昭公：春秋时宋成公少子，名杵臼。　㉘被：通"披"。　㉙苴(jū)布：麻织粗布。　㉚麟馂(lín jùn)：粗劣食品。　㉛谥(shì)：谥号。帝王、贵族死后，依据其生前事迹追封的名号。　㉜虢(guó)：春秋时诸侯国名，又名北虢。　㉝踳(chuǎn)：通"舛"，错误，杂乱。　㉞御：驾车之人。清酒：酒的一种，与浊酒相对。　㉟股脯：加有姜桂的干肉。粱糗(qiǔ)：干饭。　㊱式：通"轼"，车前供扶手用的横木。　㊲嗟：叹词。

翻译

　　梁怀王问贾君曰："人们称懂得道的人为先生，为什么呢？"贾君回答说："这是总的称呼，大者为君王，中间为卿大夫，下者为普通士人，都可称先生。至于它更合适的名称，并不是'先生'，而是'先醒'。那些现在在位的君王不学习道理，默默地不辨得失，不懂得治乱存亡的原因，稀里糊涂地如同醉酒一般。而贤明的君王学习求教不知疲倦，喜好道理从不满足，自己独自突出地先明白道理了。所以国家不曾出现大治的时候，就已经知道如何实现大治的道理；没有形成动乱的时候，就已经知道发生动乱的原因；没有安定的时候就已经知道实现安定的措施；没有出现危险的时候就已经知道发生危险的征兆。所以能非常明白地首先醒悟到存亡的原由了。所以，说'先醒'，譬如大家都醉酒而独自能先清醒

先醒

一样。当世的君王有先醒的,有后醒的,有不醒的。

"过去楚庄王即位,自我修治三年来研究政治的得和失。于是他摒退奸佞之人而任用忠贞正直的人,有才能的就让他做事而后让他身居高位,统领国内政治,开辟土地,实行教化,百姓富足,民无二心,路不拾遗,国内无因争端而告官之事。在这时,周王朝颓败衰弱,天子命令不能施行,宋国和郑国胡作非为,欺侮蒙骗诸侯。楚庄王围困宋国征讨郑国,郑襄公脱去上衣裸露肢体表示谢罪,牵着羊捧着《郑书》向庄王奉献出自己的国家。庄王说:'古时征讨别国,如果国家混乱就整顿好它,如果已经服从就不再占有它,并非要获取利益。'因而没有接受。于是向南与晋国在两棠作战,大胜晋国,在汉阳召集诸侯会盟,申明天子的法令,于是诸侯心悦诚服。楚庄王归国,路过申侯的都城。申侯贡奉饭食,时间已到中午,可是庄王不吃。申侯请罪说:'臣斋戒后备办饭食,饭食非常清洁。时已中午而不吃,臣大胆向您请罪。'庄王深深叹息说:'不是你的过错啊!我听人说:如果国君为贤明君王,而且有师辅佐,就能称王;如果国君为中等君王,而且有师辅佐,就能称霸;如果国君是下等君王,而且大臣又比不上国君,就要灭亡。现在我是下等君王,而大臣又不如我,我恐怕不久快要亡国了。我听说,世代都有贤者。天下有贤者,可是唯独我不能得到,像我这样活在世上,凭什么吃饭呢?'楚庄王通过战争威服大国,以义使诸侯服从,忧愁恐惧,自己圣明智慧却反而觉得不够贤明,想要得到贤能的辅佐,时已到中午忘记吃饭,真可以说是明君了。这就叫作'先醒悟为什么能够存亡',这就是先醒的。

"过去宋昭公出逃到了边境，深深地叹息道：'唉！我知道自己亡国的原因了。我披衣站立，服侍的有数百人，没有不说我君漂亮的；我施政做事，朝中大臣有上千人，没有不说我君圣明的。我无论在朝在家都听不到有人说我的过错，我因此到了这步田地，困窘是应该的。'于是洗心变行，穿粗布衣，吃粗劣食品，早晨学了道晚上就研习它。两年的时间，好名声传遍宋国。宋国人用兵车步卒迎昭公返国并且恢复王位，终于成为贤君，死后赐谥号为昭公。已经亡国了，竟能醒悟如何复国，这就是后醒的。

"过去虢国国君骄横放纵，自我夸耀，亲近、重用献媚讨好的人，对争谏之臣责问斥逐，政治混乱，民众不拥戴。晋军讨伐虢国，虢国民众不加守卫，虢君离都城逃跑，到了草泽之中。虢君说：'我口渴想喝水。'他的赶车人就进献清酒。又说：'我肚子饿想吃饭。'赶车的人就进献干肉、干饭。虢君很高兴，说：'从哪里弄来的？'赶车人说：'已经储备很久了。'虢君说：'为什么要储存它们呢？'回答说：'为了防备国君您在出逃的路上饥渴。'虢君说：'知道我要出逃吗？'回答说：'知道。'虢君说：'知道为什么不劝谏？'回答说：'君王喜欢阿谀奉承而厌恶真话，臣想劝谏，但又害怕在亡国前被害。'虢君变色发怒。赶车人谢罪说：'我的话说错了。'过了一会儿，虢君说：'我所以出逃，原因究竟是什么呢？'赶车人说：'您不知道吗？您之所以出逃，是因为您非常贤明。'虢君说：'贤明，这是人之所以安居的原因。而我竟然至于出逃，为什么呢？'回答说：'天下的君王都不贤，忌恨您独有贤德，您所以出逃。'虢君欢喜，靠在车轼上笑着说：'唉！有贤德本来要如此受苦呀!'于是步行到山中居住,饥饿疲倦,头枕在赶车人腿上睡着了。赶车人换成土块让他枕着,就逃跑离去了。虢君便饿死,最后被禽兽吃掉了。这是已经亡国,还不醒悟亡国的原因,这就是不醒的了。

　　"所以先醒的,在当时就能称霸;后醒的,三年能恢复君位;不醒的,头枕土块而死,被虎狼吃掉。唉!警惕啊!"

谕诚

本篇辑录了五则历史故事,强调国君的作为对于国家政治的影响作用。前两则说明君施仁德于人民,就能得到人民的拥戴;第三则说明君的行为对世风的影响之大;最后两则,说明君待人以诚、予人以利,就能得到报答。

汤见设网者四面张,祝曰:"自天下者,自地出者,自四方至者,皆罹我网①。"汤曰:"嘻!尽之矣。非桀其孰能如此?"令去三面、舍一面②,而教之祝曰:"蛛蝥作网③,今之人循绪④。欲左者左,欲右者右,欲高者高,欲下者下,吾请受其犯命者⑤。"士民闻之,曰:"汤之德及禽兽矣,而况我乎!"于是,下亲其上。

楚昭王当房而立⑥,愀然有寒色⑦,曰:"寡人朝饥⑧,时酒二觚⑨,重装而立,犹憭然有寒气,将奈我元元之百姓何⑩?"是日也,出府之裘以衣寒者,出仓之粟以振饥者。居二年,阖闾袭郢,昭王奔隋⑪。诸当房之赐者,请还致死于寇。阖闾一夕而五徙卧,不能赖楚⑫,曳师而去。昭王乃复，当房之德也。

昔楚昭王与吴人战。楚军败，昭王走，屡决眦而行失之⑬。行三十步，复旋取屦。乃至于隋，左右问曰："王何曾惜一踦屦乎⑭？"昭王曰："楚国虽贫，岂爱一踦屦哉？思与偕反也⑮。"自是之后，楚国之俗无相弃者。

文王昼卧，梦人登城而呼己曰："我东北陬之枯骨也⑯，速以王礼葬我。"文王曰："喏！"觉，召吏视之，信有焉。文王曰："速以人君礼葬之。"吏曰："此无主矣，请以五大夫⑰。"文王曰："吾梦中已许之矣，奈何其倍之也⑱？"士民闻之，曰："我君不以梦之故而倍枯骨，况于生人乎！"于是，下信其上。

豫让事中行之君⑲，智伯灭中行氏⑳，豫让徙事智伯。及赵襄子破智伯㉑，豫让剂面而变容㉒，吞炭而为哑，乞其妻所而妻弗识。乃伏刺襄子，五起而弗中。襄子患之，食不甘味，一夕而五易卧，见不全身。人谓豫让曰："子不死中行而反事其仇，何无耻之甚也！今必碎身麋躯以为智伯㉓，何其与前异也！"豫让说："我事中行之君，与帷而衣之，与关而枕之。夫众人畜我㉔，我故众人事之。及智伯分吾以衣服，馂吾以鼎实㉕，举袂而为礼㉖。夫国士遇我㉗，我固国士为之报。"故曰"士为知己者死，女为悦己者容"，非冗言也，故在主而已。

---

①罹(lí)：遭遇，此指收入。　②舍：置的意思。　③蛑蝥(máo)：蜘蛛的别名。　④循：依照。绪：功业。　⑤犯命：不听劝告。　⑥楚昭王：平王子，名珍。房：旁室。古代堂之内，中为正堂，左右为房。⑦愀然：忧愁害怕的样子。　⑧寡人：古代君主的谦称。　⑨觛(dàn)：小酒杯。　⑩元元：庶民。　⑪隋：古诸侯国名，春秋后期属楚国。故址相当今湖北随县。　⑫赖楚：取楚。　⑬屦(jù)：鞋。决眦(zì)：断裂。　⑭踦(qī)：单只。　⑮反：通"返"。　⑯陬(zōu)：角落。　⑰五大夫：战国时楚、魏官名。　⑱倍：通"背"，违背。⑲豫让：春秋末战国初刺客。中行(háng)之君：晋国大夫中行氏。中行：复姓。君：尊称。　⑳智伯：晋国大夫。　㉑赵襄子：晋国大夫。　㉒剂：切，割。　㉓糜(mí)：通"糜"，烂。　㉔畜：养。㉕馂：通"啖"，给……吃。鼎实：鼎所盛之物，指丰盛的食物。㉖袂(mèi)：衣袖。"袂"原作"被"，据俞樾说改。　㉗"夫国"句："夫"字前原有"大"字，据俞樾说删。

翻译

商汤看见布网的人四面结网，并祷告说："从天上降下来的，从地中生出来的，从四方到来的，都收入我网中。"汤说："嘻！全部网罗了。不是夏桀还有谁能这样呢？"于是就命令去掉三面的网只留下一面，并且教他祷告说："蜘蛛结网，而今人们向蜘蛛学习。愿意往左的往左，愿意往右的往右，愿意高飞的高飞，愿意下降的下降，我接收那些自投罗网者。"士民知道这种情况后说："汤的恩德施于禽兽了，更何况对我们呢！"因此，百姓亲近他们的君王。

楚昭王在旁室正中站立，愁容满面，好像显得很寒冷，说："寡人早上肚饿，当时饮两小杯酒，穿上两层皮衣，还仍然痛苦地感到寒气袭人，我的庶民们又会怎么样呢？"于是当天就拿出官府里的皮衣给受冻的人穿，取出仓库的粮食来救济饥饿的人。过了两年，吴王阖闾突然袭击郢都，楚昭王逃奔到隋。那些先前在昭王立于旁室时受到赏赐的人，请求返回楚国与敌人以死相拼。结果，阖闾一晚上五次迁徙睡眠地点，不能占有楚国，于是率领军队离去。昭王亡国而竟能回楚复位，是因为立于旁室时能够施德的缘故。

过去楚昭王与吴人作战。楚军失败，昭王逃跑，鞋子断裂跑丢了。走了三十步，又回去捡回鞋子。等到了隋，手下人问道："王怎么竟然吝惜一只鞋呢？"昭王说："楚国虽然贫穷，我难道会吝惜一只鞋吗？只是想要和它一同返回楚国。"从这之后，楚国便没有相互遗弃的习俗。

周文王白天睡觉，梦见有人登上城头呼喊自己，说："我是东北角的枯骨，尽快以君王的丧礼来葬我。"文王说："好吧！"醒了以后，招呼官吏去察看，那里确实有具枯骨。文王说："赶快用国君的丧礼埋葬他。"官吏说："这是身份不明的人，请用五大夫丧礼埋葬。"文王说："我在梦中已经答应他了，怎么能改变呢?"士民听到这件事，说："我们的国君不因为是梦中许诺而违背对枯骨的承诺，更何况对于我们活在世上的人呢!"因此，百姓信赖他们的君王。

豫让供职于中行君，智伯消灭了中行氏，豫让改为供职于智伯。等到赵襄子打败智伯，豫让割面毁容，吞食火炭使自己不能说话，讨饭讨到妻子那里连妻子都不认识他。于是埋伏行刺赵襄子，多次未得成功。赵襄子对此十分担忧，食不甘味，一晚上多次变换住处，神情恍惚，所见都是形体不全的人。别人对豫让说："你不为中行氏死节，反而侍奉他的仇人，是多么无耻呀! 现在粉身碎骨也一定为智伯报仇，与以前的作为多么不一致啊!"豫让说："我供职于中行君，他给我帷帐当衣穿，给我门栓当枕头。他像待一般人那样对待我，所以我就像待一般人那样对待他。等到供职于智伯时，他拿衣服分给我穿，给我丰盛的食品吃，一举一动都很有礼节。他如同对待国士一样待我，我一定要像国士那样报答他。"所以说"士为了解自己的人而死，女为喜欢自己的人妆扮"，这并不是多余的话，所以，问题的关键就在主上如何对待下属罢了。

退让

本篇辑录了两则历史故事,目的是要说明为政应该谦让恭俭。

梁大夫宋就者①,为边县令②,与楚邻界。梁之边亭与楚之边亭皆种瓜③,各有数。梁之边亭劬力而数灌④,其瓜美;楚窳而希灌⑤,其瓜恶。楚令固以梁瓜之美⑥,怒其亭瓜之恶也。楚亭恶梁瓜之贤己,因夜往,窃搔梁亭之瓜,皆有死焦者矣。梁亭觉之,因请其尉⑦,亦欲窃往,报搔楚亭之瓜。尉以请,宋就曰:"恶⑧!是何言也!是讲怨召祸之道也⑨。恶!何称之甚也!若我教子,必每莫令人往⑩,窃为楚亭夜善灌其瓜,令勿知也。"于是,梁亭乃每夜往,窃灌楚亭之瓜。楚亭旦而行瓜⑪,则皆已灌矣⑫。瓜日以美。楚亭怪而察之,则乃梁亭也。楚令闻之大悦,具以闻。楚王闻之,恕然丑以志自惛也⑬。告吏曰:"微搔瓜,得无他罪乎?"说梁之阴让也,乃谢以

重币，而请交于梁王。楚王时则称说梁王以为信⑭，故梁、楚之欢由宋就始。语曰："转败而为功，因祸而为福。"老子曰："报怨以德⑮。"此之谓乎！夫人既不善，胡足效哉？

翟王使使至楚⑯，楚王欲夸之，故饷客于章华之台上⑰。上者三休⑱，而乃至其上。楚王曰："翟国亦有此台乎？"使者曰："否。翟，窭国也⑲，恶见此台也？翟王之自为室也，堂高三尺，壤陛三累⑳，茆茨弗翦㉑，采椽弗刮㉒。且翟王犹以作之者大苦㉓，居之者大佚㉔。翟国恶见此台也？"楚王愧。

---

①梁：战国时魏惠王迁徙大梁（河南开封），改魏称梁。这则故事也见于《新序·杂事四》。　②县令：官名。先秦称县正、邑宰，汉代始称县令。　③边亭：于边境筑亭驻兵以备寇患。　④劬（qú）力：尽力的意思。劬：勤劳。数（shuò）：屡次，经常。　⑤窳（yǔ）：懒惰。⑥固：常。　⑦尉：职官名，掌管军事，这里指边亭之长。　⑧恶（wū）：嗟叹声。　⑨讲：当作"构"，结。　⑩莫："暮"的古体字。⑪行：巡察。　⑫"则皆"句："皆"原作"此"，据陶鸿庆说改。　⑬怨然：怜惜的样子。丑：愧。志：知的意思。惛：糊涂。　⑭时：时时，经常。　⑮"报怨"句：见《老子·六十三章》。　⑯翟：通"狄"。

⑰飨:宴请。章华台:楚台榭名。 ⑱三休:歇息多次。 ⑲窭(jù):
贫穷。 ⑳壤陛:土台阶。累:这里指层。 ㉑茆茨:茅草屋顶。
茆:通"茅"。翦:同"剪"。 ㉒采椽:以柞木做的椽。采:通"棌",柞
木。 ㉓大:同"太"。 ㉔佚:通"逸",安乐。

翻译

　　梁国的大夫宋就,是地处边境县的县令,和楚国搭界。梁国
边亭的守卫和楚国边亭的守卫都种瓜,各有一定数量。梁国边亭
守卫很勤劳,经常浇灌,他们的瓜长得肥美;楚国边亭守卫懒惰,
浇灌次数少,他们的瓜长得很不好。楚国县令常因为梁边亭的瓜
长得肥美,对自己边亭的瓜长得不好而不满。楚边亭守卫怨恨梁
边亭瓜比自己的好,于是夜间到梁亭瓜田去,偷偷用手扒梁亭的
瓜,弄得瓜都有干枯死掉的。梁边亭守卫发觉了这件事,于是向
尉请示,也打算偷偷到楚亭瓜田去,扒坏楚亭的瓜作为报复。尉
向宋就请示这件事,宋就说:"嗨!这说的是什么话!这是结怨召
祸的主意。嗨!怎么说得这样过分!假如我教你们,一定每天夜
晚派人到楚亭瓜田去,偷偷在夜间为他们好好地浇灌瓜,不要让
他们知道。"于是,梁亭守卫就每天晚上到楚亭瓜田去偷偷地浇
瓜。楚亭守卫早晨巡视瓜田,原来都已经浇灌过了。瓜一天比一
天长得好。楚边亭守卫感到奇怪就察访这件事,原来竟是梁亭守
卫干的。楚国的县令听到此事后非常高兴,把梁亭守卫夜间浇瓜
的事原原本本告诉了楚王。楚王听说后,后悔、惭愧不已,知道自

己糊涂了。告诉官吏说:"除了扒瓜,没有其他罪过吗?"对梁国能暗中忍让十分高兴,便送很丰厚的礼品表示道歉,并且请求和梁王交往。楚王常常夸奖梁王,认为梁王忠诚可信,所以,梁国和楚国关系融洽,是因为宋就的行为才有的。俗话说:"转败而为功,因祸而为福。"老子说:"报怨以德。"说的就是这种事情吧!为人不忠厚老实,怎么值得去仿效呢?

翟王派遣使臣到楚国,楚王打算向使者夸耀楚国的豪富,所以在章华台上宴请宾客。登台的人一路休息多次,才到了顶上。楚王说:"狄国也有这样的高台吗?"使者说:"没有。狄是个贫穷的国家,怎么能看到这样的高台呢?狄王自己盖的宫室,堂高三尺,土台阶三层,茅草屋顶不剪齐,柞木椽子不削皮。况且,狄王还认为盖房者太劳苦,居住者太安乐。狄国怎么能看到这样的高台呢?"楚王感到羞愧。

大政（上）

先秦儒家提出了较系统的"民为邦本"的思想。秦二世灭亡后而汉立，汉初的统治者震慑于人民革命的伟大力量，重视总结亡秦的教训。因此，当时一些思想家就以秦为鉴戒，自觉地宣传"民本"思想。贾谊的《大政》上、下两篇文章就是在这种情况下写成的。贾谊把重民视为"大政"，且论述得非常详细具体。不过也必须指出，其中有些主张含有理想的成分。

闻之于政也[①]，民无不为本也。国以为本，君以为本，吏以为本。故国以民为安危，君以民为威侮，吏以民为贵贱。此之谓民无不为本也。闻之于政也，民无不为命也[②]。国以为命，君以为命，吏以为命。故国以民为存亡，君以民为盲明，吏以民为贤不肖[③]。此之谓民无不为命也。闻之于政也，民无不为功也[④]。故国以为功，君以为功，吏以为功。国以民为兴坏，君以民为强弱，吏以民为能不能。此之谓民无不为功也。闻之于政也，民无不为力也。故国以为力，君以为

力，吏以为力。 故夫战之胜也，民欲胜也；攻之得也，民欲得也；守之存也，民欲存也。 故率民而守⑤，而民不欲存，则莫能以存矣；故率民而攻，民不欲得，则莫能以得矣；故率民而战，民不欲胜，则莫能以胜矣。 故其民之为其上也，接敌而喜，进而不能止，敌人必骇⑥，战由此胜也。 夫民之于其上也，接而惧，必走去，战由此败也。故夫灾与福也，非粹在天也⑦，必在士民也。 鸣呼！ 戒之戒之！ 夫士民之志，不可不要也⑧。 鸣呼！ 戒之戒之！

行之善也，粹以为福己矣⑨；行之恶也，粹以为灾己矣⑩。 故受天之福者，天不功焉⑪；被天之灾，则亦无怨天矣，行自为取之也。 知善而弗行，谓之不明；知恶而弗改，必受天殃⑫。 天有常福，必与有德⑬；天有常灾，必与夺民时⑭。 故夫民者，至贱而不可简也⑮，至愚而不可欺也。 故自古至于今，与民为仇者，有迟有速⑯，而民必胜之。 知善而弗行谓之狂，知恶而不改谓之惑。 故夫狂与惑者，圣王之戒也，而君子之愧也。 鸣呼！ 戒之戒之！ 岂其以狂与惑自为之？ 明君而君子乎，闻善而行之如争，闻恶而改之如仇，然后祸灾可离，然后保福也。 戒之戒之！

诛赏之慎焉，故与其杀不辜也⑰，宁失于有罪也。 故夫罪也者，疑则附之去已⑱；夫功也者，疑则附之与已。 则此毋有无罪而见诛⑲，毋有有功而无赏者矣。 戒之哉！ 戒之哉！ 诛赏之慎焉，故古之立刑也⑳，以禁不肖，以起怠惰之民也㉑。是以一罪疑则弗遂诛也㉒，故不肖得改也；故一功疑则必弗倍也㉓，故愚民可劝也㉔。 是以上有仁誉而下有治名。 疑罪从去，仁也；疑功从予，信也。戒之哉！ 戒之哉！ 慎其下，故诛而不忌㉕，赏而不曲㉖，不反民之罪而重之㉗，不灭民之功而弃之。 故上为非，则谏而止之，以道弼之㉘；下为非，则矜而恕之，道而赦之㉙，柔而假之㉚。 故虽有不肖民，化而则之㉛。 故虽昔者之帝王，其所贵其臣者，如此而已矣。

人臣之道，思善则献之于上，闻善则献之于上，知善则献之于上。 夫民者，唯君者有之，为人臣者助君理之㉜。 故夫为人臣者，以富乐民为功㉝，以贫苦民为罪。 故君以知贤为明，吏以爱民为忠。 故臣忠则君明，此之谓圣王。 故官有假而德无假，位有卑而义无卑。 故位下而义高者，虽卑，贵也；位高而义下者，虽贵，必穷。呜呼！戒之哉！戒之哉！行道不能，穷困及之。

夫一出而不可反者，言也；一见而不可得掩者㉞，行也。故夫言与行者，知愚之表也㉟，贤不肖之别也。是以智者慎言慎行，以为身福㊱；愚者易言易行㊲，以为身灾。故君子言必可行也，然后言之；行必可言也，然后行之。呜呼！戒之哉！戒之哉！行之者在身，命之者在人，此福灾之本也。道者，福之本㊳；祥者，福之荣也㊴。无道者必失福之本，不祥者必失福之荣。故行而不缘道者㊵，其言必不顾义矣。故纣自谓天王也，桀自谓天子也，已灭之后，民以相骂也。以此观之，则位不足以为尊，而号不足以为荣矣。故君子之贵也，士民贵之，故谓之贵也；故君子之富也，士民乐之，故谓之富也。故君子之贵也，与民以福，故士民贵之；故君子之富也，与民以财，故士民乐之。故君子富贵也，至于子孙而衰，则士民皆曰："何君子之道衰之数也㊶！"不肖暴者，祸及其身，则士民皆曰："何天诛之迟也！"

夫民者，万世之本也，不可欺。凡居于上位者，简士苦民者㊷，是谓愚；敬士爱民者，是谓智。夫愚智者，士民命之也。故夫民者，大族也⑬，民不可不畏也。故夫民者，多力而不可適也⑭。呜呼！戒之哉！戒之哉！与民为敌者，民必胜之。君能为善，则吏必能为善矣；吏能为善，则民必能为善矣。故民之不善也，吏之罪也；吏之不善也，君之过也。呜呼！戒之！戒之！故夫士民者，率之以道⑮，然后士民道也⑯；率之以义，然后士民义也；率之以忠，然后士民忠也；率之以信，然后士民信也。故为人君者，其出令也，其如声；士民学之，其如响⑰；曲折而从君，其如景矣⑱。呜呼！戒之哉！戒之哉！君乡善于此⑲，则佚佚然协⑳，民皆乡善于彼矣，犹景之象形也；君为恶于此，则啍啍然协㉑，民皆为恶于彼矣，犹响之应声也。是以圣王而君子乎㉒，执事而临民者㉓，日戒慎一日，则士民亦日戒慎一日矣，以道先民也㉔。

道者，圣王之行也；文者，圣王之辞也；恭敬者，圣王之容也；忠信者，圣王之教也；仁义者，明君之性也㉕。夫圣人也者，贤智之师也。故尧、舜、禹、汤之治天下也，所谓明君也，士民乐之，皆即位百年然后崩㉖，士民犹以为大数也㉗。

桀、纣所谓暴乱之君也，士民苦之⊗，皆即位数十年而灭，士民犹以为大久也。故夫诸侯者，士民皆爱之，则其国必兴矣；士民皆苦之，则国必亡矣。故夫士民者，国家之所树而诸侯之本也⊛，不可轻也。呜呼！轻本不祥，实为身殃。戒之哉！戒之哉！

①政：为政，施政。　②命：指生命。　③不肖：不才。　④功：指功效。　⑤率：率领。　⑥骇：惊。　⑦粹：通"萃"，聚集。　⑧要：考察。　⑨福：指造福。　⑩灾：指造灾。　⑪功：指带来功绩。　⑫殃：祸害。　⑬与：给。　⑭夺民时：指因兴徭役等事而错过农时。夺：失。　⑮简：怠慢。　⑯有：或。　⑰不辜：无罪。　⑱附：因，依。已：同"矣"。　⑲毋：无。见诛：被杀。　⑳立刑：设置刑法。　㉑起：指教育、感奋。　㉒遂：马上。　㉓倍：通"背"。　㉔劝：勉励。　㉕忌：顾忌。　㉖曲：此指徇私情。　㉗反：通"返"。　㉘弼：矫正弓弩的工具，此指纠正。　㉙道：通"导"。　㉚柔：怀柔，感化。假：宽容。　㉛则：指约束。　㉜理：条理，治理。　㉝富乐民：使民富且乐。　㉞掩：遮蔽。　㉟知：通"智"。表：标志。　㊱身：己。　㊲易：轻易，随便。　㊳本：根本。　㊴荣：花，指表现。　㊵缘：遵循。　㊶衰：败落。之：原作"也"，据俞樾说改。数（shuò）：通"速"，疾。　㊷简：怠慢。　㊸族：众多。　㊹适：通"敌"。　㊺率：引导。　㊻道：指遵守道。　㊼响：回声。　㊽景："影"本字。

大政（上）

139

㊾乡：通“向”。 (50)佚佚然：安然的样子。协：顺从。 (51)哼（tún）哼然：愚蠢的样子。 (52)而：和。 (53)执事：指官吏。临：统治。 (54)先：导。 (55)“仁义”二句：此二句原在“夫圣人也者，贤智之师也”后，于文意不顺，据陶鸿庆说改。 (56)崩：古代称天子死为“崩”。 (57)大数：太速，太急。大：同“太”。 (58)苦：患。 (59)树：立。

翻译

听说治理政事，没有不把人民当作根本的。国家把人民当作根本，君王把人民当作根本，官吏把人民当作根本。所以国家依据是否有人民，决定是安全还是危险；君王依据是否有人民，决定是有威望还是会受欺凌；官吏依据是否有人民，决定是高贵还是低贱。这就叫做没有不把人民当作根本的。听说治理政事，没有不把人民当作生命的。国家把人民当作生命，君王把人民当作生命，官吏把人民当作生命。所以国家依据是否有人民，决定是生存还是灭亡；君王依据是否有人民，决定是昏昧还是英明；官吏依据是否有人民，决定是贤明还是不贤。这就叫做没有不把人民当作生命的。听说治理政事，没有不把人民作为功绩的。所以国家把人民作为功绩，君王把人民作为功绩，官吏把人民作为功绩。国家依据是否有人民，决定是兴盛还是衰败；君王依据是否有人民，决定是强大还是弱小；官吏依据是否有人民，决定是有才能还是没才能。这就叫做没有不把人民看作功绩的。听说治理政事，没有不把人民看作力量的。所以国家把人民作为力量，君王把人民作为力量，官吏把人民作为力量。所以，与敌人作战胜利了，是由于人民想要胜利；进攻敌阵攻下了，是由于人民想要攻取；守卫阵地守住了，是由于人民想要守住。率领人民守卫阵地，如果人民不想守卫住，那就没有人能保存阵地了；率领人民进攻敌阵，如果人民不想攻取，那就没有人能攻取了；率领人民与敌作战，如果人民不想胜利，就没有人能胜利了。所以，人民为了自己的君主，与敌人一交战就欢喜，一进军就停不下来，敌人一定惊恐，战争就会因此获胜。人民不为自己的君王卖力，与敌人一交战就害怕，一定会逃离队伍，战争就会因此失败。所以，灾和福并不是由天命决定的，而一定是由士民决定的。啊！对此要警惕啊，警惕啊！士民的意向不能不考察啊！啊！对此要警惕，警惕！

行为善良，就会积聚为福；行为邪恶，就会聚为灾祸。所以，得到上天赐福的，并不是天有意赐福；遭受到大灾，也不要怨恨天，那是自己的行为造成的。知道是善事却不做，叫做不明；知道是坏行为却不改，一定遭受天祸。天经常有福，一定给予有德行的人；天经常有灾，一定给予不爱惜民力、耽误农事的人。所以，人民最卑贱却不能怠慢；最愚笨却不能欺骗。所以从古到今，与人民为敌的，或早或晚，人民一定战胜他们。知道是善事却不去做叫做颠狂，知道是坏行为却不改叫做糊涂。颠狂和糊涂，是圣明君王警惕的事，是君子感到羞愧的事。啊！对此要警惕啊，警惕啊！难道要按照颠狂和糊涂行事吗？圣明君王和君子，听说是好事，就如同争抢一般去实行，听说是坏行为，就如遇仇敌一般改正，这样以后灾祸可以免除，而后才能保住福。对此要警惕啊，警惕啊！

惩罚和奖赏要慎重，所以与其杀掉无罪的，倒不如漏判有罪的。因而对于罪行，有疑问就按照无罪处理；对于功劳，有疑问就按照有功奖赏。那么，这就不会有无罪却被惩办的，没有有功却得不到奖赏的人了。对此要警惕啊，警惕啊！惩罚和奖赏要谨慎，因而古代设置刑法，用来禁止不贤良的人，用来教育懈怠懒惰的百姓。所以一个罪行有疑问的，不马上惩办，那么不贤良的人就能够改正；一个功劳有疑问的，却一定不违背赏赐的诺言，那么愚昧的百姓就能够得到勉励。这样，君王就有了富有仁德的赞誉而官吏就有了善治的名声。罪行有疑问不加惩罚，这是仁；功劳有疑问照样赏赐，这是信。对此要警惕啊，警惕啊！谨慎地对待下属，所以惩罚就没有顾忌，奖赏就不徇私情，不重复惩治人民的罪行，不埋没人民的功劳。君王做错事，下属就进谏、制止他，用道来纠正他；下属做错事，上级就同情、宽恕他，引导、赦免他，感化、宽容他。所以，即使有不贤德的百姓，也能教育、约束他。虽然是从前的帝王，他看重他大臣的地方，也像这样罢了。

做臣下的原则是，想到的好方略就献给君王，听到的好方略就献给君王，知道的好方略就献给君王。人民，只能归君王所有，做臣下的只是帮助国君治理他们。做臣下的，使民富且乐便是功绩，使民贫且苦便是罪过。做君王的，能识别贤能便是英明；做官吏的，能热爱人民便是忠诚。大臣忠诚，君王就英明，这叫做圣王。官位可以赐予，德行却不能赐予；地位可属于低下，义却没有低下。居下位却重义的，虽地位低下，但实际高贵；居高位却不义的,虽表面高贵,但一定到处受困。啊!对此要警惕啊,警惕啊!不按道的规定去做,就会走投无路,困窘缠身。

一出来就不能收回的,是言论;一显现就掩盖不住的,是行动。所以,言论和行动是智慧和愚笨的标志,是贤明和不贤明的区别。所以,聪明的人言行谨慎,结果给自己带来福;愚笨的人言行随便,结果给自己带来灾。所以君子说的一定能做到,然后才说它;行为一定符合有关规定,然后才去行动。啊,对此要警惕啊,警惕啊!行动在于自己,评价在于别人,这是有福或灾的根本道理。道是福的根本,吉祥是福的表现。无道的一定失去福的根本,不吉祥的一定失去福的表现。所以,行动不遵循道的,他的言论一定不顾及义。商纣自称为天王,夏桀自称为天子,灭亡之后,人民一起骂他们。由此看来,官位不值得凭借它而尊贵,名号不值得凭借它而显荣。君子尊贵,是士民认为他尊贵,所以叫做尊贵;君子富裕,是士民喜欢他,所以叫做富裕。君子尊贵,是把福给予人民,所以士民敬重他;君子富裕,是把财物给予人民,所以士民喜欢他。君子富裕尊贵,到子孙辈就败落了,于是士民都说:"君子的事业怎么败落得这么快啊!"不贤明的和暴虐的,灾难落到他们头上,于是士民都说:"上天的惩罚怎么这样迟啊!"

人民是世世代代的根本,不能够欺骗。凡是在上位的,怠慢劳苦士民,这叫做愚笨;尊敬热爱士民,这叫做智慧。愚笨与智慧,是士民给他们起的。人民是一个大的群体,不能不令人畏惧。人民力量大无穷,无可匹敌。啊!对此要警惕啊,警惕啊!与人民为敌的,人民一定战胜他。君王能做善事,那么官吏就一定能做善事;官吏能做善事,那么人民就一定能做善事。人民无善行,这是官吏的罪过;官吏无善行,这是君王的罪过。啊!对此要警惕,警惕!对于士民,用道引导他们,然后他们遵守道;用义引导他们,然后他们遵守义;用忠引导他们,然后他们遵守忠;用信引导他们,然后他们遵守信。做君王的,他发布诏令如同发出声音,士民按照诏令去做,如响之应声一般迅速;行动上处处追随君王,如影随形一般紧跟。啊!对此要警惕啊,警惕啊!君王在这里做善事,那么人民就会安然地顺从,也都在那里做善事,这就像影子总是和形体相像一般;君王在这里做坏事,那么人民就很愚蠢地顺从,也都在那里做坏事,就像响之应声一般。所以,圣王和君子,官吏和统治人民的,一天天地警惕谨慎,那么士民也就一天天警惕谨慎了,这就是引导人民。

道是圣王的品德,文是圣王的言辞,恭敬是圣王的仪容,忠信是圣王的教化,仁义是贤明君王的性情。所谓圣人,是贤明和智慧的老师。唐尧、虞舜、大禹、商汤,是人们所说的贤明君王,他们治理天下,士民高兴,他们都是在位百年以后死去的。士民还觉得死得太快了。夏桀、商纣,是人们所说的暴虐无道之君,士民痛苦,他们都是在位数十年就灭亡了,士民还觉得活得太久了。如果一个诸侯,士民都热爱他,那么他的国家就一定会兴盛;士民都以他为苦患,那么他的国家就一定要灭亡。所以,士民是国家、诸侯赖以存在的基础,不能轻视。呜呼!轻视根本不吉祥,实际是给自己造成灾难。对此要警惕啊,警惕啊!

大政（下）

易使喜、难使怒者，宜为君。识人之功而忘
人之罪者①，宜为贵。故曰：刑罚不可以慈民②，
简泄不可以得士③。故欲以刑罚慈民，辟其犹以
鞭狎狗也④，虽久弗亲矣；故欲以简泄得士，辟其
犹以弧怵鸟也⑤，虽久弗得矣。故夫士者，弗敬则
弗至；故夫民者，弗爱则弗附。故欲求士必至、
民必附，惟恭与敬、忠与信，古今毋易矣。渚泽
有枯水⑥，而国无枯士矣。故有不能求士之君，而
无不可得之士；故有不能治民之吏，而无不可治之
民。故君明而吏贤矣，吏贤而民治矣。故见其民
而知其吏，见其吏而知其君矣。故君功见于选
吏⑦，吏功见于治民。故观之其上者由其下⑧，而
上睹矣，此道之谓也。故治国家者，行道之谓，
国家必宁；信道而不为，国家必空。故政不可不
慎也，而吏不可不选也，而道不可离也。呜呼！
戒之哉！离道而灾至矣。

无世而无圣，或不得知也；无国而无士，或弗
能得也。故世未尝无圣也，而圣不得圣王则弗起
也⑨；国未尝无士也，不得君子则弗助也。上圣

明⑩，则士暗饰矣⑪。 故圣王在上位，则士百里而有一人，则犹无有也。 故王者衰，则士没矣。 故暴乱在位，则士千里而有一人，则犹比肩也⑫。 故国者有不幸而无明君；君明也，则国无不幸而无贤士矣。 故自古而至于今，泽有无水，国无无士。故士易得而难求也，易致而难留也。 故求士而不以道，周遍境内不能得一人焉；故求士而以道，则国中多有之。 此之谓士易得而难求也。 故待士而以敬，则士必居矣⑬；待士而不以敬⑭，则士必去矣。 此之谓士易致而难留也。

王者有易政而无易国⑮，有易吏而无易民。故因是国也而为安⑯，因是民也而为治。 故汤以桀之乱氓为治⑰，武王以纣之北卒为强⑱。 故民之治乱在于吏，国之安危在于政。 故是以明君之于政也慎之，于吏也选之，然后国兴也。 故君能为善，则吏必能为善矣；吏能为善，则民必能为善矣。 故民之不善也，失之者吏也；故民之善者，吏之功也。 故吏之不善也，失之者君也；故吏之善者，君之功也。 是故君明而吏贤，吏贤而民治矣。 故苟上好之，其下必化之⑲，此道之谓也⑳。

夫民之为言也暝也㉑，萌之为言也盲也㉒。 故

惟上之所扶而以之㉓，民无不化也㉔。故曰：民、
萌。民、萌哉，直言其意而为之名也。夫民者，
贤、不肖之杖也㉕，贤、不肖皆具焉。故贤人得
焉，不肖者伏焉㉖，技能输焉㉗，忠信饰焉㉘。故
民者，积愚也㉙。故夫民者虽愚也，明上选吏焉，
必使民与焉㉚。故士民誉之，则明上察之，见归而
举之㉛；故士民苦之，则明上察之，见非而去之㉜。
故王者取吏不妄㉝，必使民唱㉞，然后和之。故夫
民者，吏之程也㉟，察吏于民，然后随之㊱。夫民
至卑也，使之取吏焉，必取其爱焉。故十人爱之
有归㊲，则十人之吏也；百人爱之有归，则百人之
吏也；千人爱之有归，则千人之吏也；万人爱之有
归，则万人之吏也。故万人之吏，选卿相焉。

夫民者，诸侯之本也；教者，政之本也；道
者，教之本也。有道，然后教也；有教，然后政治
也；政治，然后民劝之㊳；民劝之，然后国丰富
也。故国丰且富，然后君乐也。忠，臣之功
也㊴；臣之忠者，君之明也。臣忠君明，此之谓政
之纲也。故国也者，行政之纲㊵，然后国臧也㊶。
故君之信在于所信㊷，所信不信，虽欲论信也，终
身不信矣。故所信不可不慎也。事君之道，不过

于事父㊸，故不肖者之事父也，不可以事君；事长之道，不过于事兄，故不肖者之事兄也，不可以事长；使下之道，不过于使弟，故不肖者之使弟也，不可以使下；交接之道，不过于为身㊹，故不肖者之为身也，不可以接友；慈民之道，不过于爱其子，故不肖者之爱其子，不可以慈民；居官之道㊺，不过于居家㊻，故不肖者之于家也，不可以居官。夫道者，行之于父，则行之于君矣；行之于兄，则行之于长矣；行之于弟，则行之于下矣；行之于身，则行之于友矣；行之于子，则行之于民矣；行之于家，则行之于官矣。故士则未仕而能以试矣㊼。圣王选举也，以为表也㊽。问之，然后知其言；谋焉，然后知其极㊾；任之以事，然后知其信。故古圣王、君子不素距人㊿，以此为明察也。

国之治政〔51〕，在诸侯、大夫、士，察之理〔52〕，在其与徒。君必择其臣，而臣必择其所与。故明者察乎贤人之辞〔53〕，不出于室，而无不见也。明者乘贤人之行〔54〕，不出其官，而无所不入也。故王者居于中国，不出其国，而明于天下之政，何也？则贤人之辞也。不离其位，而境内亲之者，何也？

贤人为之行之也。故爱人之道，言之者谓之其府⑮；故敬士之道⑯，行之者谓之其礼。故忠诸侯者⑰，无以易敬士也；忠君子者，无以易爱民也。诸侯不得士，则不能兴矣；故君子不得民，则不能称矣⑱。故士能言道而弗能行者，谓之器⑲；能行道而弗能言者，谓之用；能言之、能行之者，谓之实。故君子讯其器⑳，任其用，乘其实㉑，而治安兴矣。呜呼！人耳人耳！

诸侯即位享国，社稷血食㉒，而政有命㉓，国无君也；官有政长而民有所属㉔，而政有命，国无吏也；官驾百乘而食食千人㉕，政有命，国无人也。何也？君之为言也，道也㉖。故君也者，道之所出也。贤人不举而不肖人不去，此君无道也，故政谓此国无君也㉗。吏之为言，理也。故吏也者，理之所出也。上为非而不敢谏，下为善而不知劝，此吏无理也，故政谓此国无吏也。官驾百乘而食食千人，近侧者不足以问谏㉘，而由朝假不足以考度㉙，故政谓此国无人也。呜呼！悲哉！君者，群也。无人谁据㉚？无据必蹶㉛，政谓此国素亡也㉜。

①识(zhì):记住。 ②慈:爱。 ③简泄:怠慢,不严肃。泄:通"媟"。 ④辟:通"譬"。狎:亲近。 ⑤弧:木制的弓。怵(xù):引诱。 ⑥渚泽:指沼泽地。 ⑦见:古"现"字。 ⑧观:审视。"观"原作"劝",据刘师培说改。 ⑨起:指被任用。 ⑩"上圣"句:"上"字原无,据陶鸿庆说改。 ⑪暗饰:暗修。 ⑫比肩:肩并肩,形容人多。 ⑬居:留。 ⑭"待士"句:"敬"原作"道",据前后文意改。 ⑮易:改。 ⑯因:凭借。 ⑰氓(méng):民。 ⑱北卒:败兵。 ⑲化:指受感化,形成风尚。 ⑳"此道"句:"谓"原作"政",据俞樾说改。 ㉑暝:昏暗,此指昏昧。 ㉒萌:同"氓"。盲:昏暗,此亦指昏昧。 ㉓扶:佐。以:使令,号令。 ㉔化:顺,驯服。 ㉕"贤不"句:"杖"原作"材",据《鬻子》改,与程本同。 ㉖伏:隐,去。 ㉗输:尽,用。 ㉘饰:治。 ㉙积:多。 ㉚与:参加。 ㉛归:归服。 ㉜非:非难,责备。 ㉝妄:乱。 ㉞"必使"句:指一定先得到民的拥护。唱:通"倡"。 ㉟程:考核,衡量。 ㊱随:从。 ㊲有:通"又"。 ㊳劝:努力。 ㊴功:事。 ㊵"行政"句:"政"字原无,据俞樾说补。 ㊶臧:善。 ㊷所信:指信赖的大臣。 ㊸过:超过。 ㊹身:己。 ㊺居官:指担任官职。 ㊻居家:指在家的日常生活。 ㊼试:试验,考察。 ㊽表:标,标准。 ㊾极:正,标准。 ㊿素:空。距:通"拒"。 (51)治政:指好的政治。 (52)察:考察。 (53)自"故明者察乎贤人之辞"至"贤人为之行之也"十五句:原文讹误较多,此据陶鸿庆说改。 (54)乘:凭借。 (55)府:通"腑"。 (56)"敬士"句:原作"爱人之道",据陶鸿庆说改。 (57)忠诸侯:为诸侯尽忠。

㊺称(chèn)：名实相符。　㊾器：指供玩赏之物，中看不中用。
⑥讯：投弃。　⑥乘：用。　⑥血食：古代杀牲取血，用以祭祀，故称血食。　⑥而：如果。命：疑通"慢"。　⑥政长：长官的意思。
⑥官驾：官吏的车。官吏驾车出行，平时所养之士则从之。乘（shèng）：古代四匹马拉一车称一乘。　⑥"道也"句："道"原作"考"，据何本改。　⑥政：正，恰好。　⑥近侧者：指侍御之人。
⑥由朝假：指从朝廷那里得到的意见。由：从。朝：朝廷。假：与，给。考度：考察。　⑦据：凭借，依靠。　⑦蹶：跌倒，失败。　⑦素亡：指名存实亡。素：本。

翻译

　　容易让他欢喜、难于让他愤怒的人，适宜做君王。记住人的功绩却忘掉人的罪过的人，适宜做显贵。所以说，不能用刑罚来达到爱民的目的，不能用怠慢来达到得士的目的。想用刑罚爱民，譬如用鞭子使狗亲近一样，虽过了很长时间也不会亲近；想用怠慢得到士，譬如用弓箭引诱鸟一样，虽过了很长时间也不会得到。士，对他不尊敬他就不会到来；人民，对他不热爱他就不会归附。想要求得士一定到来、人民一定归附，只有做到恭敬、忠信，这是古今不变的道理。沼泽的水可以干涸，国家却不会无士。有不能求士的君王，却没有不能求得的士；有不能统治人民的官吏，却没有不能治理的人民。君王英明，官吏就贤明；官吏贤明，人民就治理好了。看见人民如何就知道官吏如何了，看见官吏如何，就知道君王如何了。君王的功绩表现在选任官吏方面，官吏的功绩表现在治理人民方面。了解上情从下情了解起，于是上情就看清楚了，这就是所谓的道。治理国家，就是推行道，国家一定安宁；相信道却不去做，国家一定空虚。所以，为政不能不谨慎，官吏不能不选择，而道不能够违背。啊！对此要警惕啊！违背道，灾祸就到来了。

无论什么时代都会有圣明的人，有的只是不能了解他们；没有哪一个国没有士，有的只是不能得到他们。所以世间未尝没有圣明的人，可是圣明的人不遇圣王就不被起用；国家未尝没有士，可是士不遇君子就不能出力相助。君王圣明，那么士就暗自修养自身了。所以圣王在位重用士，士虽多至百里就有一人，但由于都被任用，却好像没有一样。圣王衰败，那么士就消失了。所以暴虐无道的君王在位不任用士，士虽少至千里才有一人，由于不被任用，却好像很多一样。国家有不幸的事是没有贤明的君王；有了贤明的君王，国家就没有不幸之事，贤士也都受到重用了。从古至今，水泽可以没有水，没有哪个国家没有士。国中有士并不困难，可是困难的是访求士；招致任用士并不困难，可是困难的是使其长期留用。访求士如果不按照道行事，走遍国内不会求得一个人；访求士如果按照道行事，那么在国内就能求得很多士。这就叫做国中有士并不困难，可是困难的是访求士。如果用恭敬的态度对待士，那么士就一定能留下；如果不用恭敬的态度对待士，那么士就一定要离开。这就叫做招致任用士并不困难，可是困难的是使其长期留用。

称王的有改换旧政却无改换国家的事情，有改换官吏却无改换人民的事情。他们可以同样依靠这个国家，使它达到安定；可以同样依靠这些人民，使其得到治理。商汤依靠夏桀的乱民达到大治，周武王依靠商纣的败兵变得强盛。人民是安顺还是作乱，关键在于官吏；国家是安定还是危险，关键在于政治。所以，英明的君王对于政治要谨慎，对于官吏要择优录用，这样国家就会兴盛。君王能够做善事，那么官吏就能做善事了；官吏能够做善事，那么人民就一定能做善事了。人民不好，有错误的是官吏；人民好，是官吏的功绩。官吏不好，有错误的是君王；官吏好，是君王的功绩。所以君王英明官吏就贤德，官吏贤德人民就治理好了。只要上头喜好的，他们的下属必定起而效之，这就是所说的道了。

"民"的意思是"暝"，"氓"的意思是"盲"。所以，只要官吏们指使他们，他们没有不顺从的，所以称他们为"民"和"氓"。称作"民"和"氓"嘛，是为了直接说明其含义而起的名字。人民是贤者和不贤者的依靠，贤者和不贤者都可以占有他们。贤者得志，不贤者离去，人民的技能得到发挥，忠信得以实现。人民是很愚笨的。人民虽然愚笨，但英明的君王选拔官吏，一定要让人民参与。士民赞誉的官吏，那么明君就考察他们，看到士民归服就任用他们；士民厌恨的官吏，那么明君就考察他们，看见士民责难就辞退他们。称王的不随便任用官吏，一定让人民先发表意见，然后再任用。人民的态度，是衡量官吏的依据，在人民中间考察官吏，然后遵从人民的意见作出抉择。人民地位最低，让他们选官吏，一定选他们最喜爱的。能有十人喜爱、归服的人，就是能管理十人的官吏；能有百人喜爱、归服的人，就是能管理百人的官吏；能有千人喜爱、归服的人,就是能管理千人的官吏;能有万人喜爱、归服的人,就是能管理万人的官吏。能管理万人的官吏,就可以选任为卿相了。

　　人民是诸侯的根本,教化是为政的根本,道是教化的根本。有了道,然后进行教化;有了教化,然后政治清平;政治清平了,然后人民努力;人民努力了,然后国家就殷实富足了。国家殷实富足,然后君王就可以安乐。忠诚,是臣下的事情;臣下忠诚,这说明君王英明。臣下忠诚且君王英明,这叫做为政大纲。执行为政大纲,国家就安定了。君王信任的是所信任的人,所信任的人不为其所信,虽然想说要信任,可是一辈子得不到所信任的人。所以对所信任的人不能不警惕。奉事君王的道理,超不过奉事父亲,所以像不贤者奉事父亲那样,是不能奉事君王的;奉事长者的道理,超不过奉事兄长,所以像不贤者奉事兄长那样,是不能奉事长者的;指使下属的道理,超不过指使弟弟,所以像不贤者指使弟弟那样,是不能指使下属的;交往的道理,超不过对待自己,所以像不贤者对待自己那样,是不能交往朋友的;爱民的道理,超不过爱他的孩子,所以像不贤者爱他孩子那样,是不能爱民的;担任官职的道理,超不过居家处事,所以像不贤者居家处事那样,是不能担任官职的。凡道,奉事父亲时能够实行,奉事君王就一定能实行了;奉事兄长时能够实行,奉事长者就一定能实行了;指使弟弟时能够实行,指使下属就一定能实行了;对于自己能够实行,交接朋友就一定能实行了;对孩子能够实行,对人民就一定能实行了;居家处事时能够实行,担任官职就一定能实行了。所以士人即使在没有做官的时候也能够对他进行考察。圣王选用官吏，就把这些作为选用的依据。向他们询问，然后知道他们的言论；和他们商量，然后知道他们处事的标准；让他们做事情，然后知道他们讲信用。古代圣王和君子不平白无故地拒绝用人，因此能够做到在用人方面明察一切。

国家有好的政治，关键在于诸侯、大夫和士，对诸侯、大夫和士的考察，要看他身边的人。君王一定要选择大臣，大臣一定要选择自己交结的人。明智的人对贤德之人的言辞细加审察，就可以做到不出家门却什么都能见到；明智的人根据贤德之人的行为，就能做到不出官府却哪儿的事情都了解。称王的居住在中土，不出京师，却清楚天下的政事。为什么呢？原来凭借贤德之人的言辞。不离开职位，国内却亲近他。为什么呢？是贤德人所作所为造成的。热爱人的道理，说话就要吐肺腑之言；尊敬士的道理，做事就要根据礼行事。为诸侯尽心竭力的人，没有什么可以改变他敬士；为君子尽心竭力的人，没有什么可以改变他爱人民。诸侯得不到士，就不能兴盛；君子得不到人民，就做不到名副其实。士能说出道却不能实行的，叫做"器"；能实行道却说不出来的，叫做"用"；又能说出又能实行的，叫做"实"。君子用人，摈弃"器"，而任用"用"，推重"实"，这样国家就能安定大治了。啊！关键是善于用人啊！

诸侯即位统治国家，社稷享受祭祀，如果法令有怠失，国家实际上没有君王；官吏有负责的长官，人民有归属，如果法令有怠失，国家实际上没有官吏；官吏和所养士人很多，如果法令有怠失,国家实际上没有人。为什么呢？君的含义是"道",所以,君是施行道的。贤德的人不任用,不贤德的人不辞退,这样的国君没有道,所以恰好叫做这个国家没有君王。吏的含义是"理",所以,吏是施行理的。君上为非作歹却不敢进言劝谏,下属做好事却不知道鼓励,这样的官吏没有理,所以恰好叫做这个国家没有官吏。官吏、士人很多,左右侍奉的人不值得问询,朝廷大臣的意见不值得考察,所以恰好叫做这个国家没有人。啊！可悲啊！国君,就是能集聚众人的人。没有人,依靠谁呢？没有依靠一定会失败,恰好叫做这个国家名存实亡。

修政语（上）

　　修政语，意思是关于美政的言论。贾谊通过记述古代帝王关于如何实现美政的言论，申述自己的美政主张。主要包括君明臣忠、尊君爱民等内容。

　　黄帝曰①："道若川谷之水，其出无已，其行无止。"故服人而不为仇，分人而不噂者②，其惟道矣。故播之于天下而不忘者③，其惟道矣。是以道高比于天，道明比于日，道安比于山。故言之者见谓智④，学之者见谓贤，守之者见谓信，乐之者见谓仁，行之者见谓圣人。故惟道不可窃也，不可以虚为也。故黄帝职道义⑤，经天地⑥，纪人伦⑦，序万物，以信与仁为天下先。然后，济东海，入江内，取《绿图》；西济积石，涉流沙，登于昆仑⑧。于是，还归中国，以平天下。天下太平，唯躬道而已⑨。

　　帝颛顼曰⑩："至道不可过也⑪，至义不可易也。"是故以后者复迹也⑫。故上缘黄帝之道而行之⑬，学黄帝之道而赏之⑭，弗加弗损⑮，天下亦平也。

颛顼曰："功莫美于去恶而为善，罪莫大于去善而为恶。"故非吾善善而已也⑯，善缘善也；非恶恶而已也⑰，恶缘恶也。吾日慎一日，其此已也。

帝喾曰⑱："缘道者之辞而与为道已⑲，缘巧者之事而与为巧已⑳，行仁者之操而与为仁已。"故节仁之器以修其躬㉑，而身专其美矣。故士缘黄帝之道而明之，学帝颛顼之道而行之，而天下亦平矣。

帝喾曰："德莫高于博爱人，而政莫高于博利人㉒。"故政莫大于信，治莫大于仁。吾慎此而已矣。

帝尧曰㉓："吾存心于先古，加志于穷民㉔，痛万姓之罹罪㉕，忧众生之不遂也。"故一民或饥，曰此我饥之也；一民或寒，曰此我寒之也；一民有罪，曰此我陷之也。仁行而义立，德博而化富㉖，故不赏而民劝㉗，不罚而民治，先恕而后行㉘，是以德音远也㉙。是故尧教化及雕题蜀、越㉚，抚交趾㉛，身涉流沙，地封独山㉜，西见王母㉝，训及大夏、渠叟㉞，北中幽都㉟，及狗国与人身㊱，而鸟面及焦侥㊲，好贤而隐不逮㊳，强于行而蕾于志㊴，率以仁而恕㊵，至此而已矣。

帝舜曰㊶："吾尽吾敬而以事吾上，故见谓忠焉㊷；吾尽吾敬以接吾敌㊸，故见谓信焉；吾尽吾敬以使吾下，故见谓仁焉。是以见爱亲于天下之人㊹，而见归乐于天下之民㊺，而见贵信于天下之君。故吾取之以敬也㊻，吾得之以敬也。"故欲明道而谕教，唯以敬者为忠，必服之。

大禹之治天下也，诸侯万人而禹一皆知其国㊼，其士万人而禹一皆知其体㊽。故大禹岂能一见而知之也？岂能一闻而识之也㊾？诸侯朝会而禹亲报之㊿，故是以禹一皆知其国也；其士月朝而禹亲见之故○51，故是以禹一皆知其体也。然且大禹其犹大恐，诸侯会，则问于诸侯曰："诸侯以寡人为骄乎？"朔曰○52，士朝，则问于士曰："诸大夫以寡人为汰乎○53？其闻寡人之骄之汰耶，而不以语寡人者，此教寡人之残道也○54，灭天下之教也。故寡人之所怨于人者，莫大于此也。"

大禹曰："民无食也，则我弗能使也；功成而不利于民，我弗能劝也○55。"故鬐河而道之九牧○56，凿江而道之九路^{⑤⑦}，洒五湖而定东海^{⑤⑧}，民劳矣而弗苦者，功成而利于民也。禹尝昼不暇食，夜不暇寝矣。方是时也，忧务民也^{⑤⑨}。故禹与士民同务^{⑥⑩}，故不自言其信，而信谕矣。故治天下，以信为之也。

汤曰^{⑥①}："学圣王之道者，譬其如日；静思而独居，譬其若火。夫舍学圣之道而静居独思，譬其若去日之明于庭，而就火之光于室也，然可以小见而不可以大知。"是故明君而君子，贵尚学道而贱下独思也^{⑥②}。故诸君子得贤而举之，得贤而与之^{⑥③}，譬其若登山乎；得不肖而举之，得不肖而与之，譬其若下渊乎。故登山而望，其何不临而何不见^{⑥④}？陵迟而入渊^{⑥⑤}，其孰不陷溺？是以明君慎其举，而君子慎其与。然后，福可必归^{⑥⑥}，菑可必去也^{⑥⑦}。

汤曰："药食尝于卑^{⑥⑧}，然后至于贵；药言献于贵^{⑥⑨}，然后闻于卑。"故药食尝于卑，然后至于贵，教也^{⑦⑩}；药言献于贵，然后闻于卑，道也^{⑦①}。故使人味食^{⑦②}，然后食者，其得味也多；若使人味言^{⑦③}，然后闻言者，其得言也少。是以明上之于言也^{⑦④}，必自也听之，必自也择之，必自也聚之，必自也藏之，必自也行之。 故道以数取之为明^{⑦⑤}，以数行之为章^{⑦⑥}，以数施之万姓为臧^{⑦⑦}。 是故求道者不以目而以心，取道者不以手而以耳，致道者以言^{⑦⑧}，入道者以忠，积道者以信，树道者以人。 故人主有欲治安之心，而无治安之政者^{⑦⑨}，虽欲治安显荣也^{⑧⑩}，弗得矣。 故治安不可以虚成也，显荣不可以虚得也。 故明君敬士、察吏、爱民以参其极^{⑧①}，非此者则四美不附矣^{⑧②}。

---

①黄帝：传说中我国上古帝王之一，号轩辕氏。 ②分人：指分人以物。噂（zūn）：减少。 ③播：传。忘：通"亡"。 ④见：被。 ⑤职：主。 ⑥经：理。 ⑦纪：法。 ⑧"济东"六句：记述的关于黄帝事迹的传说，估计出自汉代的纬书。《绿图》：又称《河图》，即《周易》的八卦，相传出自黄河之中。积石：山名。流沙：指西方荒凉之地。 ⑨躬道：身体力行道。 ⑩颛顼（zhuān xū）：传说中我国上古帝王之一，号高阳氏。 ⑪至：大。过：过失，违背。 ⑫复迹：遵循，不改变。 ⑬缘：遵循。 ⑭赏：通"尚"，崇尚。 ⑮"弗加"句：原作"加而弗损"，据陶鸿庆说改。 ⑯善善：喜欢善事。 ⑰恶恶：不喜欢坏事。 ⑱帝喾（kù）：传说中我国上古帝王之一，号高辛氏。 ⑲辞：指言辞。与：参与，参加。已：同"矣"。 ⑳"缘巧"句："与"原作"学"，据卢文弨说改。 ㉑节仁：节操和仁义。器：指善道、美德。躬：亲身。 ㉒利人：给人以实际利益。 ㉓帝尧：传说中我国上古

帝王之一，号陶唐氏。 ㉔加志：指尽心尽意。 ㉕罹罪：犯罪。罹：遭。 ㉖化富：指教化多。 ㉗劝：努力。 ㉘恕：即孔子强调的“己所不欲，勿施于人”的意思。 ㉙德音：指声望。 ㉚雕题：古代南方民族。其习俗常用丹青于额上雕刻花纹，故称雕题。㉛抚：安抚。交趾：古代地域名，泛指五岭以南地区。 ㉜独山：山名。《山海经·东山经》说，其上多金玉，其下多美石。 ㉝王母：即西王母，古代传说中的人物。 ㉞训：教育，教化。大夏：传说之中的国名。渠叟：古代西戎国名。 ㉟中：和，和好。幽都：阴间的意思。 ㊱狗国：古代国名。一说即犬戎国。人身：疑作“人面”。《山海经·海内北经》及《逸周书·王会解》中关于狗国的记载，皆作“人面”。 ㊲而：及。鸟面：疑作“鸟夷”，古代国名。《尚书·禹贡》和《史记·五帝本纪》中皆有记载。焦侥：一作“僬侥”，小人国。㊳隐不逮：指不用无德行的人。不逮：不及。 ㊴菑（zī）：通“植”，立。 ㊵率：引导。而：和。 ㊶帝舜：即虞舜，传说中我国上古帝王之一。 ㊷见：被。 ㊸接：交，交往。 ㊹爱亲：即亲爱的意思。㊺归乐：归服，喜欢。 ㊻“故吾”句：“吾”下原有“详”字，据程本删。㊼“诸侯”句：“一”是“逐一”“一一”的意思。“国”原作“体”，“国”下“其士”句共十一字原无，据卢文弨说订补。 ㊽知其体：指人和名对得上号。体：形体。 ㊾识：记住。 (50)朝（cháo）会：古代诸侯大臣朝谒天子称朝会。亲报：亲自作答。 (51)月朝：指每月朝谒。亲见：亲自接见。 (52)朔日：古代称每月初一为朔日。 (53)汏：或写作“汰”，与“泰”通，骄奢。 (54)残道：暴虐之道。 (55)劝：鼓励。(56)釁：章太炎《春秋左传读·定公篇》认为，“釁”是“旋”字的假借。黄河“转旋行之”，故曰“釁河”。道：通“导”。九牧：九州。 (57)九路：

指九条江水。 ⑤⑧洒：疏导。 ⑤⑨"忧务"句："民"原作"故"，据《太平御览》卷八十二引文改。务民：为民。 ⑥⑩务：致力，从事。 ⑥①汤：商汤王。 ⑥②贵尚：崇尚。贱下：鄙视。 ⑥③与：结交。 ⑥④临：自高处下视曰临。 ⑥⑤陵迟：即陵夷，逐渐向不好的方向转化。 ⑥⑥归：附，至。 ⑥⑦菑：同"灾"。 ⑥⑧药食：可疗治疾病的食品。 ⑥⑨药言：药石之言，能劝人迁善改过的话。 ⑦⑩教：教化。 ⑦①道：通"导"。 ⑦②味食：品尝食物。 ⑦③味言：指对要说的话仔细思考。 ⑦④"是以"句："是以"原作"故以是"，据《说苑·君道》改。 ⑦⑤数：速。 ⑦⑥章：显著。 ⑦⑦臧：善美。 ⑦⑧致：招致。 ⑦⑨"而无"句："政"原作"故"，据诸本改。 ⑧⑩"虽欲"句："安"字原无，据卢文弨说补。 ⑧①参：验。极：正。此指敬士、察吏、爱民的要求与标准。 ⑧②四美：当指四种美政。附：至。

翻译

　　黄帝说："道像河流溪沟里的水，源源不绝，滚滚不息。"使人服从却不结仇、分物给人而自身却不会减少的，大概只有道了。在天下传播，却不绝灭，大概只有道了。所以，道同天一样高大，同日一样光明，同山一样稳固。称说道的被称为智人，学习道的被称为贤人，坚守道的被称为诚信之人，喜欢道的被称为仁人，实行道的被称为圣人。只有道不能偷窃，不能假装。黄帝主持道义，效法天地，建立人伦纲纪，安排万物，在全国率先做出诚信、仁厚的榜样。然后，渡东海，入江中，取出《河图》；西入积石山，走过荒凉之地，登上昆仑山。再回到中原，安定天下。天下太平，只在于身体力行道罢了。

颛顼说:"大道不能违背,大义不能更改。"所以后者要遵循前者。遵循黄帝的道去做,学习它,推崇它,不增加,不减少,天下也会太平。

颛顼说:"作为功劳,没有什么比不做坏事而做好事更好的;作为罪过,没有什么比不做好事却做坏事更大的。"不光是我一个人喜欢做好事就行了,而要喜欢总是坚持做好事的人;不光是我一个人厌恶做坏事就行了,而是要厌恶总是坚持做坏事的人。

帝喾说:"依照有道者说的话去做,就是参与行道了;依照巧人做的事去做,就是参与做巧事了;依照仁人的操行去做,就是参与施行仁义了。"用节操和仁义的美德进行自我修养,这样,自己身上就会集中节操和仁义的美德了。所以士遵循黄帝的道并且使它彰明,学习颛顼的道并且实行它,天下也就太平了。

帝喾说:"作为道德,没有什么比广泛爱人更高的;作为政治,没有什么比多给人以实际利益更好的。"所以,处理政事,没有什么比诚信更重要的;治理国家,没有什么比仁义更重要的。我对这些谨慎罢了。

尧说:"我心里总是想着先王之治,对人民尽心尽意,痛恨百姓犯罪,忧虑生物不能顺利生长。"所以,有一个人挨饿,就说这是我使他挨饿的;有一个人受冻,就说这是我让他受冻的;有一个人犯罪,就说这是我使他犯罪的。实行仁,义就能形成,施德广泛,受教化的就众多。这样,不加奖赏,人民却努力,不施惩处,人民却能治理,先行恕道,而后行事,所以美名远扬。所以,尧的教化遍及蜀、越边远少数民族地区,尧又安抚交趾,亲自入荒凉之地,封独山为疆界,向西会见王母,教化一直到大夏、渠叟,向北和幽都、狗国、鸟夷、焦侥等国结为友好,喜欢贤者而不重用无德无行之人,努力实践,矢志不移,引导人们仁厚、宽恕,尧的美政就是如此。

舜说:"我竭尽恭敬事上,所以被称为忠;我竭尽恭敬结交我的对手,所以被称为信;我竭尽恭敬对待我的下属,所以被称为仁。所以,天下的人亲爱我,天下的民就归顺、喜欢我,天下的君王就尊重、信任我。所以,我获取忠、信、仁的美名,是依靠恭敬;得到天下人民的亲爱、归顺及天下君王的信任,是依靠恭敬。"所以,想要宣扬道义教化,只有把以恭敬处事的人视为忠诚,人们就一定服从他了。

大禹统治天下,虽然有一万个诸侯,可是大禹都逐一知道他们的国情;虽然有一万个士,可是大禹能逐一知道他们的情况。大禹难道能见一次就知道他们吗? 难道能听一次就记住他们吗?因为诸侯朝谒时大禹亲自作答的缘故,所以他能逐一知道诸侯国国情;因为士每月朝谒时大禹亲自接见的缘故,所以他能逐一知道他们的情况。虽然如此,大禹还是非常害怕,诸侯会集时,就向诸侯问道:"诸侯觉得我骄傲吗?"每月初一,士朝谒,就向士问道:"诸位大夫觉得我奢侈吗? 听到说我骄傲奢侈,却不告诉我,这是教我残害道义,毁灭了天下的教化。所以我对人所痛恨的,没有什么比这更大的了。"

大禹说:"人民没有饭吃,我就不能命令他们;事情成功了却不能给人民带来好处，我没法鼓励他们。"所以，把曲折回旋的黄河疏导到九州，凿开长江和其他九条江水相通，疏导五湖，平定东海，人民辛劳却不觉得苦的原因，是因为成功了对人民有好处。大禹曾经白天没有时间吃饭，夜晚没时间睡觉。当时一心想着如何为人民做事。大禹和士民共同努力治水，所以，虽然自己不宣扬诚信，可是人家已经了解他的诚信了。因而，治理天下，要用诚信来治理。

汤说："学习圣王之道的人，就好像借助太阳，能明察万物；独自冥思苦想的人，就好像借助火光，只能看到周围的事物。舍弃学习圣王之道却个人独自冥思苦想，就好像在庭院中离开太阳的光明，却到卧室中靠近火的光芒一样。这样可以获得小见识，但不能获得大知识。"所以，英明的君王和君子，崇尚学习圣王之道，鄙视个人冥思苦想的做法。诸位君子遇到贤人就推举他，遇到贤人就结交他，这就好像是登山吧；遇到不贤的推举他，遇到不贤的就结交他，这就好像是下深渊吧。登上高山远望，什么不在脚下、什么看不见呢？渐渐地滑下深渊，什么不被淹没呢？所以，英明的君王对所推举的人要慎重，君子对所结交的人要慎重。这样，就一定能得到福，就一定能避免灾。

汤说："药先由卑贱者尝食，然后献给尊贵者；劝善改过的话先献给尊贵者，然后传给卑贱者。"药先由卑贱者尝食，然后献给尊贵者，这是为了推行教化；劝善改过的话先献给尊贵者，然后传给卑贱者，这是为了引导人民。先让别人品尝食品，然后自己再吃，这样的人得到的好食品就多；如果让别人经过再三思考讲话，然后自己再听到,这样的人得到的有效言论就少。所以君上对于人们的言论,一定要亲自听听,一定要亲自选择,一定要亲自汇集,一定要自己珍藏在心上,一定要亲自实行。能迅速取得道的叫做"明",能迅速实行道的叫做"彰",能迅速把道施加到百姓身上的叫做"臧"。所以,追求道的不能靠眼睛而应该靠心,获取道的不能靠手而应该靠耳,得到道的靠言语,领悟道的靠忠诚,积累道的靠诚信,树立道的靠人。君王有想使国家安定的心愿,却没有使国家安定的政治,虽然想使国家安定显赫,但这是不能做到的。国家安定不能凭空实现,国家显赫不能凭空得到。英明的君王尊敬士人、考察官吏、喜爱人民并且用正确的标准加以检验,不这样做,就不会出现美政。

修政语（下）

周文王问于鬻子曰①："敢问君子将入其职，则其于民也，何如？"鬻子对曰："唯②。 疑③。请以上世之政诏于君王④。 政曰：君子将入其职，则其于民也，旭旭然如日之始出也⑤。"周文王曰："受命矣。"曰："君子既入其职，则其于民也，何若？"对曰："君子既入其职，则其于民也，暵暵然如日之正中⑥。"周文王曰："受命矣。"曰："君子既去其职⑦，则其于民也，何若？"对曰："君子既去其职，则其于民也，暗暗然如日之已入也⑧。 故君子将入而旭旭者，义先闻也；既入而暵暵者，民保其福也；既去而暗暗者，民失其教也。"周文王曰："受命矣。"

周武王问于鬻子曰："寡人愿守而必存，攻而必得，战而必胜，则吾为此奈何？"鬻子曰："唯。 疑⑨。 攻守而战乎同器⑩，而和与严其备也。 故曰：和可以守而严可以守，而严不若和之固也；和可以攻而严可以攻，而严不若和之得也；和可以战而严可以战，而严不若和之胜也。 则唯由和而可也。 故诸侯发政施令，政平于人者⑪，谓之文政矣⑫；诸侯接士而使吏，礼恭于人者，谓之文礼矣⑬；诸侯听狱断刑⑭，仁于治⑮，陈于行⑯。其由此守而不存、攻而不得、战而不胜者，自古而至于今，自天地之辟也⑰，未之尝闻也。今也，君王欲守而必存，攻而必得，战而必胜，则唯由此也为可也。"周武王曰："受命矣。"

周武王问于王子旦曰⑱："敢问治有必成，而战有必胜乎？攻有必得，而守有必存乎？"王子旦对曰："有。政曰：诸侯政平于内而威于外矣，君子行修于身而信于舆人矣⑲。治民民治⑳，而荣于名矣。故诸侯凡有治心者，必修之以道而与之以敬，然后能以成也；凡有战心者，必修之以政而与之义㉑，然后能以胜也；凡有攻心者，必结之以约而谕之以信㉒，然后能以得也；凡有守心者，必固之以和而谕之以爱，然后能有存也。"周武王曰："受命矣。"师尚父曰㉓："吾闻之于政也，曰：天下圹圹㉔，一人有之；万民藂藂㉕，一人理之。故天下者，非一家之有也，有道者之有也。故夫天下者，唯有道者理之，唯有道者纪之，唯有道者使之，唯有道者宜处而久之。故夫天下者，难得而易失也，难常而易亡也。故守天下者，非

修政语（下）

169

以道则弗得而长也。故夫道者,万世之宝也。"

周武王曰:"受命矣。"

周成王年二十岁㉖,即位享国,亲以其身见于鬻子之家而问焉,曰:"昔者先王与帝修道而道修㉗,寡人之望也,亦愿以教,敢问兴国之道奈何?"鬻子对曰:"唯。疑。请以上世之政诏于君王。政曰:兴国之道,君思善则行之,君闻善则行之,君知善则行之。位敬而常之㉘,行信而长之㉙,则兴国之道也。"周成王曰:"受命矣。"

周成王曰:"敢问于道之要奈何?"鬻子对曰:"唯。疑。请以上世之政诏于君王。政曰:为人下者敬而肃㉚,为人上者恭而仁,为人君者敬士爱民,以终其身。此道之要也。"周成王曰:"受命矣。"

周成王曰:"敢问治国之道若何?"鬻子曰:"唯。疑。请以上世之政诏于君王。政曰:治国之道,上忠于主,而中敬其士,而下爱其民。故上忠其主者,非以道义则无以入忠也;而中敬其士,不以礼节无以谕敬也;下爱其民,非以忠信则无以谕爱也。故忠信行于民,礼节谕于士,道义入于上,则治国之道也。虽治天下者,由此而已。"周成王曰："受命矣。"

周成王曰："寡人闻之，有上人者，有下人者；有贤人者，有不肖人者；有智人者，有愚人者。敢问上下之人，何以为异？"鬻子对曰："唯。疑。请以上世之政诏于君王。政曰：凡人者，若贱若贵^㉛，若幼若老，闻道志而藏之^㉜，知道善而行之，上人矣；闻道而弗取藏也，知道而弗取行也，则谓之下人也。故夫行者善则谓之贤人矣，行者恶则谓之不肖矣。故夫言者善则谓之智矣，言者不善则谓之愚矣。故智、愚之人有其辞矣^㉝，贤、不肖之人别其行矣^㉞，上下之人等其志矣^㉟。"周成王曰："受命矣。"

周成王曰："寡人闻之，圣王在上位，使民富且寿云。若夫富则可为也，若夫寿则不在天乎？"鬻子曰："唯。疑。请以上世之政诏于君王。政曰：圣王在上位，则天下不死军兵之事。故诸侯不私相攻，而民不私相斗阋^㊱，不私相煞也^㊲。故圣王在上位，则民免于一死而得一生矣。圣王在上，则君积于道^㊳，而吏积于德，而民积于用力。故妇为其所衣，丈夫为其所食，则民无冻馁矣。圣王在上，则民免于二死而得二生矣。圣王在上，则君积于仁，而吏积于爱，而民积于顺，则刑罚废矣，而民无夭遏之诛㊴。故圣王在上，则民免于三死而得三生矣。圣王在上，则使民有时㊵，而用之有节㊶，则民无厉疾㊷。故圣王在上，则民免于四死而得四生矣。故圣王在上，则使盈境内兴贤良㊸，以禁邪恶。故贤人必用而不肖人不作㊹，则已得其命矣。故夫富且寿者，圣王之功也。"周成王曰："受命矣。"

---

①鬻子：楚国的先祖鬻熊，为周文王师。　②唯：诺。　③疑：惑，说不准。　④政：指政策法令以及行动准则等。诏：告。　⑤旭旭然：日始出的样子。　⑥暵（hàn）暵然：日在中天热气熏蒸的样子。"暵暵"原作"暊暊"，据《太平御览》卷三引文改。　⑦去：离。　⑧暗暗然：昏暗的样子。　⑨疑："疑"字原无，据俞樾说补。　⑩"攻守"句：指攻、守、战三者同属一类事物。而：与。　⑪平：指平和。　⑫文政：文治的意思。　⑬文礼：指以礼待人。　⑭狱：官司，诉讼。　⑮仁于治：指治狱施仁德。　⑯陈：陈述。　⑰辟：开辟。　⑱王子旦：即周公，姓姬，名旦，文王子。　⑲奥人：众人。　⑳治：前一"治"字是治理的意思，后一"治"字是治理好的意思。　㉑"必修"句："与"原作"兴"，据周本改。　㉒约：约法。　㉓师尚父：即周武王太师吕尚。　㉔圹圹：同"旷旷"，广大，空阔。　㉕蘩蘩：同"丛丛"，草丛生，此处形容人数众多。　㉖周成王：周武王子，姓姬，名

诵。 ㉗先王：指周武王。帝：指鬻子。因为楚的先祖出自颛顼帝，鬻子又为楚的先祖，所以也称鬻子为帝。 ㉘位敬：位尊的意思。㉙行信：讲求信用。 ㉚肃：恭敬。 ㉛若：或。 ㉜志：记住。㉝辞：言辞。 ㉞行：行为。 ㉟等：差，不同。志：志向。 ㊱斗阋(xì)：争执，不和。 ㊲煞：同"杀"。 ㊳积：积累，富有。 ㊴夭遏：指早死。 ㊵"使民"句：指不随意增加徭役。 ㊶节：节制。㊷疠疾：指灾疫。疠：通"疬"，瘟疫。 ㊸盈：满，遍。 ㊹作：兴起，此指任用。

翻译

　　周文王问鬻子说："冒昧地问一问，君子将要担任官职，那么他对于人民来说，怎么样呢？"鬻子回答说："好的。不过说不大准。请准许把前代的政令告诉君王。政令说：君子将要担任官职，那么他对于人民来说，如旭日东升光焰万丈。"周文王说："我受到教育了。"文王又问："君子已经担任了官职，那么他对于人民来说，怎么样呢？"鬻子回答说："君子已经担任官职，那么他对于人民来说，如日在中天热气腾腾。"周文王说："我受到教育了。"文王又问："君子离开了官职，那么他对于人民来说，怎么样呢？"鬻子回答说："君子离开了官职，那么他对于人民来说，如日落西山天色昏暗。君子将要担任官职，如日出时光焰万丈，是说君子的义先让天下人知道；已经担任官职如日中时热气腾腾，是说人民得到了幸福；离开官职如日落时天色昏暗，是说人民失去了教化。"周文王说:"我受到教育了。"

　　周武王问鬻子说:"我希望守卫就一定守住,进攻就一定攻下,作战就一定胜利,那么我为了达到这个目的该怎么办呢?"鬻子说:"好的。不过说不大准。攻、守、战是同一类的事,平和与严厉都能做到。所以说,依靠平和可以守卫,依靠严厉也可以守卫,但是依靠严厉不如依靠平和守卫得坚固;依靠平和可以进攻,依靠严厉也可以进攻,但是依靠严厉不如依靠平和进攻得顺利;依靠平和可以作战,依靠严厉也可以作战,但是依靠严厉不如依靠平和取得的胜利多。那么,只要依靠平和的政策就可以了。所以,诸侯颁布政策法令,对人平和施以仁政,称为'文政';诸侯结交士人指派官吏,对人恭敬有礼,称为'文礼';诸侯断案判刑,施以仁德,并告诉人们如何行事。遵从这些做法,守卫却守不住、进攻却攻不下来、作战却不能胜利,这样的事从古至今,开天辟地以来,大概没有听说过。如今,君王想要守卫就一定守住,进攻就一定攻下,作战就一定胜利,那么只要遵从这些做法就可以了。"周武王说:"我受到教育了。"

　　周武王问周公说:"冒昧问一下,有治理就一定成功,作战就一定胜利的情况吗? 有进攻就一定攻下来,守卫就一定守得住的情况吗?"周公回答说:"有。政令说:诸侯国内政治清平,就能扬威于外;君子自己修养德行,就能取信于人民;治理人民人民安定,就有了光荣的名声。所以,诸侯凡是有通过治理就一定成功的想法的,一定使人民遵守道并且使他们懂得敬,这样就能实现治理就一定成功;凡是有认为作战就一定胜利的想法的,一定使人民遵守政令并且使他们懂得义，然后就能实现作战就一定胜利；凡是有进攻就一定攻下来的想法的，一定使人民遵守约法，并且使他们懂得信，然后就能实现进攻就一定攻得下来；凡是有守卫就一定守住的想法的，一定使人民内部巩固团结，并且使他们懂得爱，然后就能实现守卫就一定守得住。"周武王说："我受到教育了。"太师吕尚说："我听说政令里有这样的话：天下广阔，一人占有它；万民聚集，一人治理他们。所以，天下并不是归一家所有，归有道之人所有。天下只有有道的人治理它，只有有道的人管理它，只有有道的人使用它，只有有道的人应该长久地占有它。天下难于得到却容易丧失，难于永久保持却容易灭亡。因而，守卫天下的，不按道加以治理就很难长久。所以，道是万世之宝。"周武王说："我受到教育了。"

周成王二十岁登上王位享有国家，亲自到鬻子家中请教问题，说："过去先王和您整治道，道得到了整治，这是我所希望的，也愿意聆听教诲。请问使国家兴盛的道如何呢？"鬻子回答说："好的。不过说不大准。请允许把我前代的政令告诉君王。政令里说：使国家兴盛的道，就是君王想到善事就实行它，听到善事就实行它，知道善事就实行它。王位尊贵并且经常保持尊贵，行为诚信并且永远保持诚信，就是使国家兴盛的道。"周成王说："我受到教育了。"

周成王说："冒昧问一声道的要领如何？"鬻子回答说："好的。不过说不大准。请准许我把前代的政令告诉君王。政令里说：作为人的下属要尊上、恭敬，作为人的上级要谦虚、仁爱，作为君王要尊敬士爱护人民,一辈子都照此行事。这就是道的要领。"周成王说:"我受到教育了。"

周成王说:"请问治国的道怎样呢?"鬻子说:"好的。不过说不大准。请准许把前代的政令告诉君王。政令说:统治国家的道,对上要忠于国君,中间要敬士,对下要爱人民。对上要忠于国君,不按照道义就不能尽忠;中间要敬士,不按照礼节规定就不能显示敬;对下要热爱人民,不按照忠信就不能显示爱。所以,以忠信热爱人民,以礼节尊敬士,以道义忠于国君,这就是治国的道。即使是统治天下的,也只是照此行事罢了。"周成王说:"我受到教育了。"

周成王说:"我听说,有上等人,有下等人;有贤德的人,有不贤的人;有智慧的人,有愚昧的人。请问上下的区别是什么呢?"鬻子回答说:"好的。不过说不大准。请准许我把前代的政令告诉君王。政令说:凡是人,总有贱有贵,有少有老,听见道,就把它牢牢记在心里,知道道,就觉得它好而执行它,这是上等人。听见道却不记在心里,知道道却不拿来执行,就叫做下等人。行为好的就叫做有贤德的人,行为坏的就叫做不贤的人。言辞好的就叫做智慧的人,言辞不好的就叫做愚昧的人。智慧的人和愚昧的人凭他们的言辞不同来判定,贤德的人和不贤的人凭他们的行为不同来判定,上等人和下等人凭他们的志向不同来判定。"周成王说:"我受到教育了。"

周成王说:"我听说,圣王在上位执政,要让人民富裕并且长寿云云。富裕倒是可以做到的,至于寿命,不是由天决定的吗?"

鬻子说:"好的。不过说不大准。请准许我把前代的政令告诉君王。政令里说:圣王在上位执政,那么,天下之民不因为有战争而死亡,诸侯不私相攻击,人民不私相争执,不私相厮杀。所以圣王在上位执政,人民就能避免一次死亡的机会却获得一次生存的机会了。圣王在上位执政,那么,国君富于道,官吏富于德,人民富于气力。女织而衣,男耕而食,人民就能避免受冻挨饿了。所以圣王在上位执政,人民就能避免两次死亡的机会却获得两次生存的机会了。圣王在上位执政,那么,国君富于仁,官吏富于爱,人民乐于顺从。于是刑罚废弃不用,人民尽其天年。所以圣王在上位执政,人民就能避免三次死亡的机会却获得三次生存的机会了。圣王在上位执政,那么,役使人民有固定时限,能节制民力,人民就没有灾疫。所以圣王在上位执政,人民就能避免四次死亡的机会却得到四次生存的机会了。圣王在上位执政,让整个境内任用贤良,禁止邪恶。贤德的人一定被任用,不贤的人就不会作乱,这实际上已经让人民获得生命了。所以说,让人民富裕并且长寿,这是圣王的功绩。"周成王说:"我受到教育了。"

赋

吊屈原赋

由于受到朝廷重臣绛侯周勃、颍阴侯灌婴等人的谗毁排挤,贾谊大约在汉文帝三年(前177年)被贬官为长沙王太傅。长沙,属楚故地,曾经是屈原放逐的地方。刚遭贬谪的贾谊,触景生情,在感情上自然和屈原发生了强烈共鸣。于是在渡湘水时写下了这篇《吊屈原赋》,借追悼屈原,抒发自己的愤闷不平。此赋最早载于《史记·屈原贾生列传》,《汉书》本传和《文选》也载录。此据《汉书》,题目是后加的。

谊既已適去①,意不自得,及度湘水,为赋以吊屈原。屈原,楚贤臣也,被谗放逐,作《离骚赋》②,其终篇曰:"已矣! 国亡人③,莫我知也。"遂自投江而死。谊追伤之,因以自谕④。其辞曰:

恭承嘉惠兮⑤,俟罪长沙⑥。 仄闻屈原兮⑦,自湛汨罗⑧。 造托湘流兮⑨,敬吊先生。 遭世罔极兮⑩,乃陨厥身⑪。 呜呼哀哉兮,逢时不祥! 鸾凤伏窜兮,鸱枭翱翔⑫。 阘茸尊显兮⑬,谗谀得志;贤圣逆曳兮⑭,方正倒植⑮。 谓随、夷溷兮⑯，谓跖、蹻廉⑰；莫邪为钝兮⑱，铅刀为铦⑲。于嗟默默⑳，生之亡故兮㉑！斡弃周鼎㉒，宝康瓠兮㉓。腾驾罢牛㉔，骖蹇驴兮㉕；骥垂两耳㉖，服盐车兮㉗。章父荐屦㉘，渐不可久兮㉙；嗟苦先生，独离此咎兮㉚！

讯曰㉛：已矣！国其莫吾知兮，子独壹郁其谁语㉜？凤缥缥其高逝兮㉝，夫固自引而远去。袭九渊之神龙兮㉞，沕渊潜以自珍㉟；偭蟂獭以隐处兮㊱，夫岂从虾与蛭螾㊲？所贵圣之神德兮，远浊世而自藏㊳。使麒麟可系而羁兮㊴，岂云异夫犬羊？般纷纷其离此邮兮㊵，亦夫子之故也㊶！历九州而相其君兮㊷，何必怀此都也㊸？凤皇翔于千仞兮㊹，览德辉而下之；见细德之险征兮㊺，遥增击而去之㊻。彼寻常之污渎兮㊼，岂容吞舟之鱼！横江湖之鳣鲸兮㊽，固将制于蝼蚁。

---

①適：通"谪"。古代因罪贬官称谪。　②《离骚赋》：屈原的长篇抒情诗。　③亡：通"无"。　④自谕：比自己。　⑤嘉惠：指恩惠。⑥俟罪：待罪。　⑦仄：通"侧"。　⑧湛：通"沉"。　⑨造：至。托：凭借的意思。　⑩罔：无。极：正。　⑪殒：通"殒"，死亡。厥：其，代指屈原。　⑫鸱枭(chī xiāo)：恶鸟。一说，即猫头鹰。　⑬阘茸(tà róng):指无德无才的人。 ⑭逆曳:横拉竖扯,指倍受折磨。 ⑮倒植:倒立。 ⑯随:卞随。商汤时廉士,传说汤想把天下让给他而不受。夷:伯夷。因反对周武王伐纣不食周粟而饿死。溷:混浊,此指贪婪、昏昧。 ⑰跖(zhí)、蹻:春秋战国时起义领袖,被后代文人视为大盗。 ⑱莫邪:宝剑名,据《吴越春秋》记载,吴王使干将铸剑两柄,以自己名命名的叫"干将",以妻子名命名的叫"莫邪"。 ⑲铦(xiān):锋利。 ⑳于嗟:同"吁嗟"。 ㉑生:先生,指屈原。 ㉒斡(wò)弃:丢掉。斡:转。 ㉓康瓠:破烂瓦壶。 ㉔罢:通"疲"。㉕骖:古代用四匹马拉车,两旁的叫骖马。蹇(jiǎn):跛。 ㉖骥:骏马。 ㉗服:架。 ㉘章父:即章甫,殷朝冠名。荐:草席,草垫。屦(jū):鞋。 ㉙渐:事物发展的开端。 ㉚离:通"罹",遭受。咎:难。㉛讱(suì):告。 ㉜子:指屈原。壹郁:即抑郁。 ㉝缥缥:始飞时轻快的样子。 ㉞袭:深藏。九渊:极言水深。 ㉟汨(mì):潜藏不动的样子。自珍:自我保重。 ㊱伵:背离,离开。蟂獭(xiāo tǎ):一种食鱼的动物,或称鱼鮫。 ㊲虾(há):即蛤蟆。蛭:水虫名,俗称马蟥。螾:同"蚓",蚯蚓。 ㊳自藏:保全自己。 ㊴使:假若。麒麟:古代义兽。羁:牵绊。 ㊵般纷纷:纷乱的样子,形容谗言多。邮:过失,此指非难。 ㊶夫子:指屈原。 ㊷相(xiàng):审察。㊸都:指楚国都城。 ㊹凤皇:即凤凰。仞:古代一仞八尺,或说七尺。 ㊺细德:无德,不德。险征:危险的征兆。 ㊻增击:高飞。增:通"层"。 ㊼寻常:长度单位。一寻八尺,二寻为常。此极言其小。污渎(dú):指小水沟。水不流叫污,小渠叫渎。 ㊽鱣(zhān):一种鲟一类的鱼。鲸:海中的哺乳类动物,形状似鱼,体大。

翻译

　　贾谊被贬官离京，心中郁郁不乐，到渡过湘江时，写赋来吊念屈原。屈原是楚国的贤臣，遭受谗害被流放，写了《离骚》。《离骚》结尾说："算了吧！国内没有志同道合的人，没有谁能了解我。"于是自投汨罗江而死。贾谊追悼感伤屈原的不幸遭遇，便以屈原比喻自己。他的赋是这样的：

　　蒙受圣上的恩惠啊，在长沙任职。听说屈原啊，自投汨罗江身死。到湘江边托付流水啊，恭敬地凭吊先生。身逢衰世没有公正之道啊，终于导致身亡。呜呼哀哉，正赶上不吉利的时代！凤凰奔窜潜伏啊，猫头鹰展翅高飞。无才无德的人尊贵显赫啊，谗谀之徒得意洋洋；贤者圣者倍受折磨啊，端方正直的人横遭打击。说卞随、伯夷贪婪啊，说柳下跖和庄蹻廉洁；说莫邪宝剑不锋利啊，铅刀倒是锋利的。唉！一辈子不得意，先生是平白无辜的啊。丢弃周鼎，把破烂瓦壶当作宝物啊。用疲惫的牛去驾奔腾的车，让跛驴在两旁拉套啊；却让骏马垂着两耳，拉着盐车啊。帽子用来垫鞋，时间不能长久啊。唉！辛劳的先生，独自遭受这样的灾祸啊！

　　有人劝告说：算了罢！国内大概没有谁了解我们啊，你独自闷闷不乐向谁诉说呢？凤凰翩翩高飞啊，本来是要自己远远离去。藏在深水中的神龙啊，潜伏不动自我保重；离开鱼蛟而躲藏隐居啊，怎么能跟随蛤蟆、水蛭和蚯蚓？所崇尚的是圣人的品德啊，远离黑暗的世道来保全自己。假若麒麟能拴捆羁绊啊，难道说与犬羊还有区别吗？谗言纷纷遭受这种非难啊，也是先生您自找烦恼！走遍九州选择圣君啊，为什么一定怀念楚国国都呢？凤凰飞翔在高空啊，看见有仁德的光辉才降下；发现无德的恶兆啊，就奋翅高飞而远远离开。那小小的臭水沟啊，怎么容得下能吞下船的大鱼！横行江湖的鲟和鲸啊，如今落在水沟里，本来就要受制于蝼蛄和蚂蚁！

鵩鸟赋

《史记·屈原贾生列传》:"贾生为长沙王太傅,三年,有鸮飞入贾生舍,止于坐隅。楚人命鸮曰服。贾生既已谪(谪)居长沙,长沙卑湿,自以为寿不得长,伤悼之,乃为赋以自广。"据此知本篇作于贾谊谪为长沙王太傅后三年,即汉文帝六年(前174年)。楚地人管山鸮(xiāo)曰"服",也即"鵩"。鵩鸟夜鸣而声恶,古人认为它是不祥之鸟。作者假托与鵩鸟的问答,反映了对困迫的人生郁郁不平而又无可奈何,只好用齐生死、等荣辱等道家思想自我排遣的苦闷心情。

此赋见于《史记》《汉书》本传及《文选》。这里用《文选》本。

单阏之岁兮①,四月孟夏。庚子日斜兮②,鵩集予舍。止于坐隅兮③,貌甚闲暇。异物来萃兮④,私怪其故。发书占之兮⑤,谶言其度⑥,曰:"野鸟入室兮,主人将去。"请问于鵩兮:"予去何之⑦?吉乎告我,凶言其灾。淹速之度兮⑧,语予其期⑨。"鵩乃叹息,举首奋翼。口不能言,请对以臆⑩。曰:

"万物变化兮，固无休息。斡流而迁兮⑪，或推而还。形气转续兮⑫，变化而蟺⑬。沕穆无穷兮⑭，胡可胜言！祸兮福所倚⑮，福兮祸所伏；忧喜聚门兮，吉凶同域。彼吴强大兮，夫差以败⑯；越栖会稽兮⑰，句践霸世⑱。斯游遂成兮⑲，卒被五刑⑳；傅说胥靡兮㉑，乃相武丁㉒。夫祸之与福兮，何异纠纆㉓；命不可说兮，孰知其极！水激则旱兮㉔，矢激则远；万物回薄兮㉕，振荡相转。云蒸雨降兮，纠错相纷；大钧播物兮㉖，块圠无垠㉗。天不可预虑兮，道不可预谋；迟速有命兮，焉识其时！

"且夫天地为炉兮，造化为工；阴阳为炭兮，万物为铜。合散消息兮㉘，安有常则㉙？千变万化兮，未始有极！忽然为人兮㉚，何足控抟㉛；化为异物兮，又何足患！小智自私兮，贱彼贵我；达人大观兮，物无不可㉜。贪夫殉财兮㉝，烈士殉名㉞。夸者死权兮，品庶每生㉟。怵迫之徒兮㊱，或趋东西㊲；大人不曲兮㊳，意变齐同㊴。愚士系俗兮，窘若囚拘㊵；至人遗物兮㊶，独与道俱。众人惑惑兮㊷，好恶积亿㊸；真人恬漠兮㊹，独与道息。释智遗形兮㊺，超然自丧；寥廓忽荒兮㊻，与

道翱翔。乘流则逝兮(47)，得坻则止(48)；纵躯委命兮，不私与己。其生兮若浮，其死兮若休；澹乎若深渊之静(49)，泛乎若不系之舟(50)。不以生故自宝兮(51)，养空而浮；德人无累兮(52)，知命不忧。细故蒂芥兮(53)，何足以疑！”

---

①单阏(chán yān)：十二支中“卯”的别称，古时用以纪年。②庚子：指四月里的庚子日。③坐：通“座”。隅：角落。④萃：止。⑤发：打开。占：占卜。⑥谶(chèn)：将来要应验的预言、预兆。度：气数，命运。⑦之：往。⑧淹：迟。⑨语(yù)：告诉。⑩臆：通“意”。⑪斡(wò)流：运转。⑫形：指有形的。气：指无形的。⑬而：通“如”。蟺：通“蝉”。⑭沕(wù)穆：精微幽深的样子。⑮“祸兮”二句：《老子》语。⑯夫差：春秋末年吴国国君，公元前495年至前473年在位。曾打败越军，攻下越都，迫使越国屈服。后来越国兴兵报仇，吴灭，夫差自杀。⑰会(kuài)稽：会稽山。在今浙江省中部绍兴、嵊州、诸暨、东阳间。越为吴败，勾践退居于此。⑱句(gōu)践：春秋末年越国国君，公元前497年至前465年在位。被吴王夫差打败后，他屈服求和，退居会稽，卧薪尝胆，矢志图强，终于灭吴，并大会诸侯，成为霸主。⑲斯：李斯，曾任秦国客卿，秦统一六国后任丞相，二世时被赵高所杀。⑳卒：终于。被：蒙受。五刑：商周时指墨刑(在额上刺字涂墨)、劓刑(割鼻)、刖刑(断足)、宫刑(男子破坏生殖功能，女子幽禁)、大辟(处死)。㉑傅

说(yuè)：相传原是在傅岩从事版筑的刑徒，后被殷王武丁举用为相。胥靡：古代的一种刑罚，用绳子把犯人系在一起，强迫其劳动。㉒武丁：盘庚弟小乙之子，在位五十九年，死后称殷高宗。㉓纠纆(mò)：泛指绳索。㉔激：指加以阻遏或施以外力，使之飞腾。旱：通"悍"，强悍，猛烈。㉕回：来回反复。薄：迫，逼近，撞击。㉖大钧：指天，自然。大自然形成万物好比钧制造陶器一样，故称。钧：制造陶器的转轮。㉗坱圠(yǎng yà)：漫无边际的样子。无垠：无边际。㉘息：生长。㉙常则：一定规律。则：规律，法则。㉚忽然：偶然。㉛控抟(tuán)：引持，玩弄，这里有珍爱的意思。㉜可：宜。㉝殉：为达到某种目的而牺牲生命。㉞烈士：重义轻生的人。㉟品庶：一般人。每：贪。㊱怵(chù)：被诱惑而动心。㊲趋：奔向。㊳曲：屈。㊴意：通"亿"。㊵窘：困迫。㊶至人：《庄子·天下》："不离于真，谓之至人。"遗：弃。㊷惑惑：迷惑。㊸亿：通"臆"，胸。㊹真人：《文选》李善注引《文子》说："得天地之道，故谓之真人也。"㊺释：弃。㊻寥廓：深远而空阔。忽荒：恍惚。㊼逝：流过。㊽坻(chí)：小洲。㊾澹(dàn)：安静。㊿泛：浮游。(51)宝：贵，当动词用。(52)德人：《庄子·天地》："德人者，居无思，行无虑，不藏是非美恶。"(53)故：事。蒂(dì)芥：果蒂和草芥，比喻细小的梗塞物。

翻译

丁卯之年啊，四月初夏；庚子之日啊，日头西斜。一只鹏鸟飞到我的屋中，停在我的座侧啊，性情十分闲适。怪鸟飞来啊，我暗暗奇怪其中有什么缘故；打开策数之书来占卜啊，谶语说得很清楚："野鸟飞进屋啊，主人将离宅。"请允许我问问鹏鸟啊："我离开后会到哪里去？如果是吉利，你就告诉我；如果是不祥，也把灾难说一说。我的寿命是长还是短啊，请把期限告诉我。"鹏鸟闻言长叹息，昂首振翅，有口不能言，示意作答复：

"万物变化啊，从来不停息。旋转变迁啊，推移又复原；形体连续转变啊，就像蝉的蜕化。精微无穷啊，怎能用言语说尽它！祸随福中生啊，福随祸中藏。忧喜同在一门啊，凶吉同在一地。春秋时吴国强大啊，夫差却被越国打败；越国败困会稽山啊，勾践却最终称霸于世。李斯游说成功啊，最后却遍受五刑；傅说曾受刑服役啊，后来却做了武丁的相。那祸和福啊，就像合股而成的绳索一样，总是相互依随纠缠；命运也是不可能预加解释啊，谁能知道它的期限！水受到冲击就会变得迅猛啊，箭用力发射就会射得很远。万物来回撞压啊，就会互相震荡而转变；云气上升、雨水下降啊，交相变化，错杂纷纭；天体运转、推动万物啊，连续不断，无穷无尽。天和道都变化莫测啊，人不可能预先想到、预加筹谋；生命长短自有天命啊，怎么能预先知道它的时限！

"天地是座大熔炉啊，大自然就是司炉工；阴阳是供冶炼用的炭啊，万物就是供铸造用的铜。聚、散、消、长啊，哪里有一定之规？千变万化啊，从来就没有止境！偶然变成人啊，哪里值得珍惜；死后又变成异物啊，又哪里值得忧虑！目光短浅的人只顾自己啊，而轻视他人、看重自己；通达的人胸怀坦荡啊，认为万物齐同，无所不宜。贪财的人为财而死啊，重义的人为名而亡。贪慕虚荣的人死于追求权势啊，一般人民则恶死而贪生。为利所诱、为害所迫的人啊，总不免趋利避害、东奔西走；道德修养好的人啊，就不会为利害所屈，对万物一视同仁。愚笨的人为世俗所牵累啊，像囚犯一样束缚住自己；有至德的人能抛弃万物啊，独独与道同在。庸人昏惑自扰啊，一肚子好恶爱憎；真人心静淡泊啊，独独与大道同存。弃智抛形啊，物我俱忘；神游广漠啊，与大道一起翱翔。浮在水上就顺流而行啊，碰上小洲就停下；把躯体交给命运安排啊，不要把它当成个人所有。活着啊，就好比是浮身于世，死了啊，也就好比是停下休息；宁静啊，就像是平静无澜的深渊，漂浮啊，就像是不系缆绳的小船。不因为活着就自我看重啊，而要保养好空灵的人性，在人世上任其浮游；德人心中无牵挂啊，知命顺天不忧愁。那些微不足道的小事情啊，有什么值得疑虑的呢！"

旱云赋

  《旱云赋》是贾谊的又一篇重要赋作。它通过对云重叠而至,并最终风解雾散,"诚若雨而不坠"的描写,把久旱不雨归咎于统治者,在贾谊现存的几篇赋中,最富思想意义。此赋从多方面具体而形象地刻画云的特征,更多地具有"体物写志"的成分,已粗具汉赋的写法。该赋《史记》《汉书》和《文选》均不载,此据《古文苑》(《四部丛刊》本)。

  惟昊天之大旱兮①,失精和之正理②;遥望白云之蓬勃兮,瀚澹澹而妄止③。 运清浊之沆洞兮④,正重沓而并起⑤;嵬隆崇以崔巍兮,时仿佛而有似。 屈卷轮而中天兮,象虎惊与龙骇;相抟据而俱兴兮⑥,妄倚俪而时有⑦。 遂积聚而合沓兮⑧,相纷薄而慷慨⑨;若飞翔之从横兮⑩,扬波怒而澎濞⑪。 正帷布而雷动兮,相击冲而破碎;或窈窕而四塞兮⑫,诚若雨而不坠。

  阴阳分而不相得兮⑬,更惟贪邪而狼戾⑭。 终风解而雾散兮⑮,陵迟而堵溃⑯;或深潜而闭藏兮，争离而并逝。 廓荡荡其若涤兮⑰，日照照而无秽。 隆盛暑而无聊兮⑱，煎沙石而烂渭⑲；汤风至而含热兮⑳，群生闷满而愁愦㉑。 畎亩枯槁而失泽兮㉒，壤石相聚而为害；农夫垂拱而无聊兮㉓，释其锄耨而下泪㉔。 忧疆畔之遇害兮㉕，痛皇天之靡惠㉖；惜稚稼之旱夭兮，离天灾而不遂㉗。

怀怨心而不能已兮，窃托咎于在位。 独不闻唐虞之积烈兮㉘，与三代之风气㉙；时俗殊而不还兮，恐功久而坏败。 何操行之不得兮，政治失中而违节㉚；阴气辟而留滞兮㉛，厌暴至而沈没㉜。嗟乎！ 惜旱大剧㉝，何辜于天；无恩泽忍兮㉞，啬夫何寡德矣㉟。 既已生之不与福兮，来何暴也，去何躁也㊱，孳孳望之㊲，其可悼也。 憀兮慄兮㊳，以郁怫兮㊴；念思白云，肠如结兮。 终怨不雨，甚不仁兮；布而不下，甚不信兮。 白云何怨，奈何人兮！

---

①昊天：天的泛称。昊：大。 ②精：指精气。古人把阴和阳当作精气。 ③瀚潒潒：云蒸腾上升的样子。妄：通"亡"，无。 ④泂(hòng)洞：云气汹涌的样子。 ⑤重沓：重叠的意思。 ⑥抟据：聚集，牵动。抟：团。据：引。 ⑦倚：通"奇"。俪：通"丽"。 ⑧合沓：

指变化复杂。　⑨薄:迫。慷慨:原指人意气风发、情绪激昂,此指变化急剧。　⑩从:通"纵"。　⑪澎濞:水势浩大的样子,此处形容云气翻腾如同浩瀚之水。　⑫窈窕:深远的样子。　⑬不相得:不互相协调。　⑭贪邪:贪婪邪辟。狼戾:凶狠。　⑮"终风"句:"雾"原作"霰",据百三本改。　⑯陵迟:渐次衰微。堵溃:比喻云气消散如墙壁倒塌。溃:通"隤"。　⑰廓荡荡:空阔的样子。涤:洗。　⑱隆:盛,多。无聊:指心中不乐。　⑲烂:火烧称烂。　⑳汤风:热风。　㉑愁愦:忧虑,烦乱。　㉒畎(quǎn)亩:田地。泽:润泽。　㉓垂拱:垂衣拱手,形容无可奈何的样子。聊:原作"事",据百三本改。　㉔锄耨(nòu):锄草的工具。　㉕疆畔:田界,此指田地。　㉖靡:无。　㉗不遂:不能生长。　㉘唐虞:唐尧和虞舜,都是传说中的古代圣君。烈:功业。　㉙三代:指夏、商、周。　㉚违节:指不按制度办事。　㉛阴气:此处似指云。辟:聚。　㉜厌:足,多。暴至:突然而至。沈没:消失。沈:通"沉"。　㉝"惜旱"句:"旱"原作"叶",据何本改。剧:严重。　㉞忍:残忍。　㉟啬夫:田夫。　㊱躁:急速。　㊲孳孳:同"孜孜"。　㊳憭慄:悽苦悲怆。　㊴郁怫:忧愁。

翻译

　　老天大旱啊,失去了阴阳调和的正常规律;遥望白云翻滚啊,蒸腾上升无休无止。浓淡转换来势汹汹啊,眼睁睁地纷至沓来;险峻峭拔高大巍峨啊,又不时地和别的什么变得相似。如转轮般在天空翻滚啊,像龙虎惊骇四散奔窜;互相卷动搅作一团啊,变幻莫测而奇丽无比。于是乎滚动着聚集会拢，相互迫近剧烈地变动；像飞翔般纵横驰骋啊，像浩瀚之水波涛汹涌。正像在天上拉起了帷幕，忽然雷声隆隆，互相撞击，顿时碎成万片；有时又幽幽渺渺充满了寰宇啊，实在是像要下雨却没有下成。

阴阳变化失掉正常秩序啊，更因为在位者贪婪邪恶又凶狠。终于风吹而云散啊，慢慢地消散如一堵堵墙壁倒塌；或是潜伏隐藏啊，争抢着离别而去。宇宙空阔净明如洗啊，烈日当空万里无云。盛夏酷暑百无聊赖啊，沙石滚烫渭水断流；热风吹来阵阵热浪啊，百姓烦闷而忧愁。田野一片干枯啊，土壤结成硬块，作物无法生长；农夫垂衣拱手无可奈何啊，放下锄头而落泪。发愁田地遭受到灾害啊，痛心上天不给恩德；可怜未成熟的庄稼旱死啊，遭受天灾而不能生长。

怀着痛恨的心情不能解脱啊，把罪责归之于当权者。难道没听到唐尧、虞舜的丰功伟业吗，还有夏、商、周三代的风气；淳美风俗再也不会回来啊，恐怕天长日久功业要毁败。品行多么不端正啊，政治不当又不按制度行事；阴云聚集、停滞不动啊，突然拥来又消失殆尽。啊呀！让人痛惜的严重旱情，并非天的过错；在位者残忍苛刻啊，对农夫是多么缺少恩德。既然肯定不给百姓造福，来得为什么这样突然，去时为什么这样迅速，百姓仰天祈求甘霖，真令人伤心啊。凄苦悲怆啊，忧愁苦闷啊；想起白云，愁肠百结啊。痛恨终于未下雨，实在是不仁厚啊；布满天空又云消雾散，实在不讲信用啊。白云有什么值得痛恨呢，对在位者该怎么办啊！

旱云赋

中华文史名著精选精译精注（全民阅读版）
已出书目

书　名	导读人	审阅人
贾谊集	徐超、王洲明	安平秋
司马相如集	费振刚、仇仲谦	安平秋
张衡集	张在义、张玉春、韩格平	刘仁清
三曹集	殷义祥	刘仁清
诸葛亮集	袁钟仁	董治安
阮籍集	倪其心	刘仁清
嵇康集	武秀成	倪其心
陶渊明集	谢先俊、王勋敏	平慧善
谢灵运鲍照集	刘心明	周勋初
庾信集	许逸民	安平秋
陈子昂集	王岚	周勋初、倪其心
孟浩然集	邓安生、孙佩君	马樟根
王维集	邓安生等	倪其心
高适岑参集	谢楚发	黄永年
李白集	詹锳等	章培恒
杜甫集	倪其心、吴鸥	黄永年
元稹白居易集	吴大逵、马秀娟	宗福邦
刘禹锡集	梁守中	倪其心
韩愈集	黄永年	李国祥
柳宗元集	王松龄、杨立扬	周勋初
李贺集	冯浩菲、徐传武	刘仁清
杜牧集	吴鸥	黄永年

书　名	导读人	审阅人
李商隐集	陈永正	倪其心
欧阳修集	林冠群、周济夫	曾枣庄
曾巩集	祝尚书	曾枣庄
王安石集	马秀娟	刘烈茂、宗福邦
二程集	郭齐	曾枣庄
苏轼集	曾枣庄、曾弢	章培恒
黄庭坚集	朱安群等	倪其心
李清照集	平慧善	马樟根
陆游集	张永鑫、刘桂秋	黄葵
范成大杨万里集	朱德才、杨燕	董治安
朱熹集	黄珅	曾枣庄
辛弃疾集	杨忠	刘烈茂
文天祥集	邓碧清	曾枣庄
元好问集	郑力民	宗福邦
关汉卿集	黄仕忠	刘烈茂
萨都剌集	龙德寿	曾枣庄
王阳明集	吴格	章培恒
徐渭集	傅杰	许嘉璐、刘仁清
李贽集	陈蔚松、顾志华	李国祥、曾枣庄
公安三袁集	任巧珍	董治安
吴伟业集	黄永年、马雪芹	安平秋
黄宗羲集	平慧善、卢敦基	马樟根
顾炎武集	李永祜、郭成韬	刘烈茂
王士禛集	王小舒、陈广澧	黄永年
方苞姚鼐集	杨荣祥	安平秋
袁枚集	李灵年、李泽平	倪其心
龚自珍集	朱邦蔚、关道雄	周勋初